ねこねこ幼女の愛情ごはん
～異世界でもふもふ達に料理を作ります！～

葉月クロル

目次

わたしのあらたなるパートナー ……………………………… 145
大腿骨をほぐさないと!? …………………………………… 133
予し議論してよ体操 ………………………………………… 117
適当活蹊 …………………………………………………… 100
大腿 ………………………………………………………… 86
合わせなぞり ……………………………………………… 69
給与エリート ……………………………………………… 52

異世界でもふもふ達に料理を作ります！
Cook MOFU-MOFU in a different world!
ねこねこ幼女の愛情ごはん
もふもふに目がない
猫耳幼女
エリナ
元ブラックな職場に勤めるトリマー。
ある日ひかれそうな犬を助けようとして
異世界に転移してしまう。
転移後は子猫の獣人としてルディと
一緒に暮らすことに。
料理の腕をミメットに買われ、
騎士が集まる青弓亭でコックとして
働いている。
過保護なイケメン狼
ルディ
突然家に現れたエリナを保護し、
一緒に暮らすことに。
騎士団員で、王都の警備隊長。
クールだがエリナには何かと
手を焼いてくれる。

青弓亭とスカイヴェン騎士団の愉快な獣人たち

姉御肌な
エリナの恩人
ミメット
キジトラ猫の獣人。騎士が集まる青弓亭を切り盛りしている。兄・ギギリクから突然店を預かることになり、料理は少し苦手。

爽やかイケ虎
キーガス
ルディの部下。丸い黄色の耳に黄色の短い髪をもつ虎の獣人。普段は耳と尻尾付きの人間の姿だが、全身獣化することも。

飄々とした
狐さん
サファン
サラサラロン毛の騎士団員で、アイドル並みのルックスをもつ狐の獣人。エリナからモフられたいがために、狐の姿になることも。

お調子者の
犬獣人
マイク
白黒のぶちの犬耳をした獣人。ヴォラット、アルデルンと同じ警備隊に所属している。うっかり屋のお調子者で涙もろい。

おっきい熊さん
アルデルン
大きな熊の獣人。心優しいが、威圧的な見た目のため恐れられがち。らしくないが一応貴族。エリナに胃袋をがっしり掴まれる。

クールな黒豹
ヴォラット
ルディの幼馴染で、同じ騎士団の警備隊。宰相の息子。普段はクールなイケメンだが、エリナが作った料理には目がない。

ルディの
双子の弟
フランセス
ルディの弟。金髪にアイスブルーの瞳をした見目麗しいイケメン狼。ルディと違い、普段は人間の顔に耳と尻尾がついた獣人の姿をしている。

エリナに
激甘No.1
ギルバート
エリナの評判を聞き青弓亭に現れたルディの祖父。歯が弱くなってしまったため、エリナの肉料理が食べられないと落ち込むが…。

ルディの秘密

3つの姿に変身するよ！

通常ver
体は人間のような姿だが、肩から上は狼の形をしている。

人化ver
人間の姿に耳と尻尾が付いている。滅多に人化はしない。

狼ver
寝るときは狼の姿に。エリナが大好きなモフモフ♥

まさかのモフモフ

「ちょっと佐野《さの》！　あんた、道具の清掃をまだ終わらせてなかったの⁉」

江理奈《えりな》は、先輩の言葉にびくっと身体を震わせた。

「すみません」

「返事が違うでしょ！」

江理奈が謝罪するや否や、先輩の怒鳴り声と一緒にブラシが飛んできた。

それを避けると次はなにが飛んでくるかわからない。

江理奈はそのまま立ちつくし、腕にブラシがぶつかる痛みをこらえて頭を下げた。

「申し訳ございません！」

ブラシを投げた先輩は「このグズ！　役に立たないならもう辞めちゃいな！」と口を歪《ゆが》めて言い捨て、部屋から出ていった。

ひとりになった江理奈はブラシを拾って「……よかった、壊れてないや」と殺菌シートでそれを拭く。破損したら江理奈の責任になり、代金が給料から引かれてしまうのだ。

江理奈は、とあるペットサロンにトリマーの見習いとして勤めている。

動物が大好きで懐《なつ》かれやすい江理奈にはトリマーは適職だと思われたが、実際はペットの世話をするだけでは済まなかった。やはり商売なので、売り上げも大事なのだ。ペットの飼い主へさらにサービスを売るために、いささか強引に営業しなくてはならない。

そして、職場の人間関係という問題もあった。

先輩がトリミング中、江理奈が補助に入るとペットがおとなしくなるため、江理奈は飼い主からの評判がよかった。中には、まだ見習いだというのに江理奈を指名する客もいるほどだ。

だが、なぜかクレーマーの客からは絡まれやすかったし、「見習いのくせに生意気だ」と、江理奈のことをよく思わない先輩のターゲットにもなってしまった。

江理奈は知らずに就職してしまったのだが、このペットサロンは従業員の使い方が荒く、まともなトリマーはもうとっくに辞めてしまっている。

そんな店だから、世間を知らない江理奈はいいようにこき使われ、先輩のサンドバッグにされ、楽しいはずの仕事でつらい思いをしていた。

今日も朝から、江理奈に対する理不尽ないじめが行われて、彼女は心身ともに疲弊している。

そして、トリマーの仕事はそれほど給料が高くない。自分のお店を持てば別だが、江理奈のような雇われトリマーの給料では食べていくのがやっとだ。

そのただでさえ高くない給料が、見習いだからとさらに減らされている江理奈は、当然のことながら生活費が足りない。

「……仕事自体は楽しいんだけどな」

江理奈はため息をついた。

彼女は天涯孤独の身で、頼れる実家もない。幼い頃に交通事故で両親を亡くした江理奈は、親戚の家を転々としながら暮らしてきた。運が悪いことに、事故の相手は任意保険に入っていなかった上に、わずかな保険金は養育費として搾取《さくしゅ》されていつのまにか消えていた。

虐待されなかったことだけがよかった点であるくらいだ。

親戚の家では、家事さえこなせばアルバイトをすることは可能だったので、江理奈は公立高校を卒業すると同時に独立して専門学校に通い、ペットサロンに就職したのだ。

給料が少ないが、頼る相手もいない江理奈は、生活費が足りなければ自分で稼ぐしかない。専門学校に通っている時も、学費や生活費をアルバイトでまかなっていたので預金はほとんどない。節約生活に慣れているとはいえ、やはり暮らしていくのにはお金が必要だ。

そんな江理奈は、今日もこれからファミリーレストランで深夜までアルバイトなのである。

「今日は可愛い子たちのシャンプーもブラッシングもできたから、嬉しかったな。みんなモフモフに膨らんで……ふふっ、可愛いくて大好き」

重い足を引きずりながらも、大好きな動物たちとの触れ合いを思い出した江理奈は少し微笑んでからタイムカードを押すと、ペットサロンを後にした。

午前零時を回り、ファミリーレストランでの立ちっぱなしのつらいバイトがようやく終わった。ペットサロンも体力仕事なので、元気が取り柄の江理奈でもさすがにきつくなる。

とはいえ、幸いなことに、バイト先のファミリーレストランはまともな職場だった。休憩時間には賄《まかな》いを安く食べさせてもらえるし、人間関係も悪くないので日中のストレスから解放される。ここは江理奈にはありがたい場所なのである。

トリマーの仕事は辞めて、こちらで本格的に働いた方がずっといいお金になるのだが、動物好きな江理奈は夢を捨てきれない。

「今諦めたら、一生トリマーになれないよね。後悔はしたくないよ」

そして、今日も疲れ果てた江理奈は、もう早く帰って寝ることしか考えていない。深夜ともなると、あまりの疲労で思考能力が低下しているのだ。

「あ、動物園でバイトをするのはどうかな……でもなあ……」

トカゲとか蛇《へび》のような、毛のない動物の担当になったらがっかりである。江理奈はあくまでもモフモフを愛するモフモフスキー女子なのだ。

江理奈が広い道路で信号待ちをしていると、右手からトラックがやってきた。ぼんやりと横断歩道の真ん中を見ると、そこにはなにか白い塊《かたまり》がある。

「え？　待って、さっきまではなにもなかったのに……」

そう、それはなにもない空間から突如として出てきたのだ。しかも、半透明からゆっくりと実体化して。

疲れて幻覚でも見えているのかと思って、江理奈は目をこすった。すると、今度ははっきりと白くモフモフした子犬の姿が見えて、江理奈の疲れは瞬間的に吹き飛んだ。

「嘘でしょ⁉　どうして道路の真ん中に子犬が湧いて出たの……」

自分のいる場所がわかっていないらしく、のんきに耳の後ろを後ろ脚でかいていた子犬は、可愛らしい仕草でバランスを崩してこけた。しかし、そこは危険な道路上なのだ。

「わんちゃん、そこにいちゃ駄目だよ！」

「きゅん、きゅ？　きゅううっ⁉」

子犬は江理奈を見て驚き、さらにトラックに気づいたようで、脅えて身をすくませた。

「危ない！」

江理奈は荷物を放り出すと、赤信号の横断歩道の真ん中に駆け出した。

「きゃうん！」

その場に固まっている子犬を抱き上げて走り抜けようとしたのだが。

「ひっ！」

江理奈は息をのんだ。

眩《まぶ》しいライトは、予想以上に近かったのだ。

白い子犬を抱いた江理奈は身体に激しい衝撃を感じ、同時に意識を手放したのであった。

「あれ……ここはどこ?」

迫るトラックのライトの眩しい光でぎゅっと目を閉じて、子犬を抱きしめたまま動かずにいた江理奈は、衝撃を感じただけでまったく痛みがなかったことに気づいて目を開けた。

すると、そこは道路の真ん中ではなく、ひたすら真っ白な空間だった。江理奈はそこに浮かんでいるのだ。

「え? なに、これ、どうなってるの? あっ、わんちゃん」

状況がのみ込めずにいる江理奈の腕から、白い子犬がふわりと浮かび上がったかと思うと、そのまま江理奈の足元にはいつくばり……。

「大変申し訳ありません!」

頭を低く低く、可能な限り低く下げてから江理奈に謝罪し、おまけにきゅうんと鳴いた。

「ええっ、土下座? 犬が? しかもしゃべってるし!?」

混乱する江理奈の前で、子犬はさらに言葉を続けた。

「僕が至らぬばかりに、通りすがりのご親切なお嬢様をこのような目に遭わせてしまうとは……ああ、このクー・シー、一生の不覚でございます!」

やたらと丁寧な口調で謝罪する可愛らしい子犬を見て、江理奈はぽかんと口を開けた。

「まったくですわ、クー・シー。あなたはなんということをしてしまったのですか!」

新しく声が加わったのでそちらを見ると、今度は淡い水色のロングドレスを着たやたらと綺麗な女性が腕組みをして子犬を睨《にら》んでいた。

足首まである長い金髪に、同じく金色の瞳をした、この世の者とは思えないような美しい女性は、子犬を叱ると今度は「もう、困ったことを……」と情けない顔になった。

「親切なお方、ごめんなさいね。わたくしが目を離した隙に、このクー・シーが間違った世界に転移してしまって……危うく命を落としてしまうところをお救いくださいまして、ありがとうございました」

うるうると金色の瞳を潤ませて両手の指を組みながらお礼を言う美女に、江理奈は状況がわからないまま「あ、いえ、恐れ入ります」と頭を下げた。

「もしもこのクー・シーがあの場で命を落としたら、惑星が崩れてそのまま消滅するところでしたわ」

「惑星って、それって……えっ、地球が⁉　地球が壊れちゃうところだったんですか⁉」

不思議な美女の言っていることを理解した江理奈の声がひっくり返った。

美女は重々しく頷いた。

「ええ、そうなのです。このクー・シーはこう見えても強い力を持つ妖精ですので、命を失う、すなわち消滅するようなことになると、周りに大変な影響を及ぼしてしまうのですわ」

そう言うと、美女は背中から薄くて半透明な羽を出して羽ばたかせた。

「そうなったなら、わたくしの力でも惑星〝地球〟の消滅を止めることができませんでした」

「うわあ……」

あまりのことに言葉を失っている江理奈に、美女は言った。

「まあ、名乗りもせずに失礼いたしました。わたくしの名は運命の輪《フォーチュナ》と申します」

「あ、わたしは佐野江理奈っていいます。あの、フォーチュナさんも、もしかして、妖精さん……なのですか？」

「はい。妖精のまとめ役を担っております」

そんなふたりの足元で、子犬がきゅーんきゅーんと鳴いている。

「そして、これは犬の妖精のクー・シーと言います。クー・シー、頭をお上げなさい」

「はい……」

どう見ても白い子犬であるクー・シーは、顔を上げると二本足で立ち上がり、耳をぺたんと伏せて情けない顔をした。

「僕をかばって、代わりに江理奈さんの身に危険が……本当に申し訳ありません」

こてんとお辞儀する姿が可愛らしくて、江理奈は思わず「むふん」と変な声を出してしまい、慌てて咳払いをしてごまかしてから優しく言った。

「クー・シーちゃん、そんなに気にしないでいいんだよ。わたしの人生が終わってしまったのは……モフモフたちを堪能できずに終わってしまったのは残念だけど、その代わりにあなたを助けることができたし、地球が壊れるのを防ぐこともできたんでしょ？　だからいいの。わたしは納得してあの世に行くよ」

「江理奈さん……僕のせいで命を落としそうになったというのに、なんてお優しい方なんだ……」

クー・シーがきゅうんと鳴いた。

「まあ、なんて崇高な心の持ち主なのでしょう！」

フォーチュナも羽を羽ばたかせて感動の面持ちで江理奈を見つめる。

「江理奈さん、ありがとうございます。けれど、江理奈さんは亡くなったわけではありません。ええ、わたくしはあなたのような方がこのまま逝《い》かれるようなことにはいたしませんわ。運命を司る妖精として、あなたには別の世界で新しい人生を送っていただけるよう尽力させていただきます」

「新しい人生を？」

もう死んでしまって、天国に行くとばかり思っていた江理奈は、目をぱちくりさせた。

「はい。わたくしにはかなり力がありますのよ。ですので、江理奈さんが命を落とす前にこの場所に引き寄せたのです」

フォーチュナはにっこり笑うと片手を上げた。すると、そこに金色の光が集まり、次第に大きくなっていった。

それをしばらく観察していたフォーチュナは目をみはり、「まあ、これはひどいわ」と呟いた。

「江理奈さん、あなたのこれまでの人生のバランスを拝見いたしましたところ、驚いたことに、あなたの幸運が他人の手によって大量に搾取されていることがわかりました。今まで理不尽な目に遭われていたことにお気づきでしょう？」

その言葉を聞いて、江理奈は目の前の霧《きり》がぱっと晴れたような気がした。

「あ、確かに、わたしだけ妙に運が悪いなと思うことが多かったです！　はい、今思えば異常なくらい運が悪くて……変だな、どうして気づかなかったんだろう？　あれは他人に幸運の搾取をされていた、というわけだったんですか？　自分のせいで運が悪くなっていたんじゃなかったんですね」

フォーチュナは頷いた。

「ええ、江理奈さんはちっとも悪くなかったのですよ。おかしな〝歪み〟が起きていたため、あなたの認識も歪められて、幸運を吸い取られても虐《しいた》げられても抵抗できなかったのでしょうね。そうだわ、今まであなたにつらくあたり、幸運を奪い取っていった方々から江理奈さんの幸運を返してもらうことにしましょう。……多少の利息をいただきましてね」

「え、いいんですか？」

「もちろんですわ。江理奈さんの正当な権利ですもの。そうね、銀行に預けていた幸運を下ろしてくるような気持ちでいてくだされぱいいわ」

ふふっと笑いながら「そうですわね、不当に奪われたものを返していただくので、〝多少〟ではなく、ちょっとだけ多めに戻してしまいましょう。人生をやり直すには大きな力が必要ですものね……」などと不穏なことを呟く美しい妖精の手には、バレーボールほどの大きさの金の光の球体ができていた。

「ほら、こんなに幸運が集まりましたわ」

今まで江理奈をひどく扱い、幸運を吸い取ってきた者たちは、この瞬間から人生が不幸に向かって転落していくことになった。

「うわあ、これはすごいですね、フォーチュナ様。なんて大きな幸運の光なんでしょう！」

クー・シーは興奮して、辺りをうろうろしながら尻尾をちぎれんばかりに振った。

「こんなの僕初めて見たよ、わあ、すごいな、楽しいな！」

子犬の妖精は興奮のあまり、とうとう飛んだり跳ねたりしながら辺りを駆け回り始めた。

フォーチュナはそんなクー・シーの大騒ぎをあっさりスルーして言う。

「それでは、集まった幸運の力を使って、江理奈さんを新しい世界にお連れしたいと思うのですけれど……江理奈さんには、行きたい場所についての希望はあるかしら？」

「希望？」

「ええ。次の世界にふさわしい新しい器を作り直してから転移させますので、健康で病気にかかりにくくとか、使いやすい身体とか、好まれやすい容貌とか、そのあたりの条件はかなり良質なものにします。でも、それでもまだ幸運が余るのですわ。ですから例えば……江理奈さんは動物がお好きなようですから、〝モフモフした生き物と楽しく触れ合える世界を希望する〟といったようなことも幸運を使って叶《かな》えることができるのですよ」

「モフモフですか？　はい、それ！　まさにそれを希望します！」

江理奈は瞳をキラキラさせながら叫んだ。

「モフモフとたくさん触れ合えて、わたしが安全に生きていける環境をお願いしたいです！　あとは、遊んで暮らすんじゃなくて、ちゃんと仕事が欲しいです。ええと、それから……」

まだ考えている途中なのに、興奮したクー・シーが割り込んできた。

「うん、わかった！　それじゃあ、僕がとってもいいところを知ってるから、エリナをそこに連れていくよ。大丈夫、僕に任せて！　きっとエリナも気に入ると思うの」

「あっ、クー・シーったら！　落ち着きなさい。まだ話は終わっていませんし、そのように行き当たりばったりなことをしてはなりませんよ！」

しかし、フォーチュナの声はクー・シーの耳に入らない。

「大丈夫、僕がちゃーんと連れていくからね」

大切な話を聞かない白い子犬の妖精は、フォーチュナの手にできた金の光の球をくわえると、江理奈の胸に飛び込んだ。

驚いた江理奈は「ひゃあっ」と悲鳴のような声を出してモフモフを抱きとめた。

「クー・シーちゃん、フォーチュナさんがなにか言って……」

「とびきりオススメの世界に、僕と一緒に行こうね！」

クー・シーは、小さな尻尾を振ってご機嫌だ。

そして、そのままひとりと一匹は、金色の光の渦《うず》に包まれた。

それを見たフォーチュナは、両手をわたわたさせながらクー・シーを叱った。

「クー・シー、あなたはまた勝手なことを！　ああ、もう戻れないわ。江理奈さんにはわたくしの加護を与えますから大丈夫よ、安全なところへ送りますし、それから、あなたは次の世界ではね、フェアリナという……大切な真名は……忘れないで、フェアリナ……」

フォーチュナがなにかを叫んでいたが、途中から江理奈には聞き取れなくなった。

そして、金の光に包まれて、江理奈は自分がどこかへと引っ張られていくのを感じながら意識を失った。

新しい人生

金の光に包まれて異世界に移動させられた江理奈だったが、やがて意識が浮上してきた。まだ頭の中はぼんやりとして、半分寝ているような状態だ。

「ん……モフモフ……」

意識が飛んでもモフモフのことは忘れないあたりが、〝モフモフ大好きモフモフスキー〟の鑑《かがみ》である。

というか、今現在、江理奈の顔はモフモフした毛並みに埋まり、両手は温かなモフモフにしがみついているのだ。

「ああそうか、ここはモフモフ天国なのね……そっか、さっきのは死ぬ時の妄想だったんだ……わたしは死んじゃったから、天国に来てるのね……」

江理奈はむふんと笑いながら、目を閉じたままでモフモフに顔をこすりつけて、思いきり深呼吸をした。

「ああ、モフモフ最高……我が人生に悔いなーし……むふふふん……ふわあん、お日さまの匂いのモフモフだあ……」

夢うつつの江理奈は、死んだ今ならなにも怖いものはないと、遠慮なく気持ちのよい毛並みに頬ずりをした。

「最高……」

「な、だ、おま、におっ……！」

その時、モフモフがしゃべった。

響く低音の声で、ものすごく動揺しながら、しゃべった。

そして、モフモフしたその生き物は、肉球のついた前脚で優しく江理奈を押しやろうとし……失敗した。すなわち、江理奈に全力でしがみつかれたのだ。

「やだあ、わたしの素敵なモフモフなのに」

「やだあ、ではない！　こっ、この子猫、俺から離れろ」

「離さないもん、わたしのモフモフ、もう離さない、離したくない、素敵なわたしの……」

寝ぼけた江理奈は、ラブソングの歌詞のようなことを言いながら、離されまいと抱きしめて半分だけ目を開けた。

「あ、これはとても素敵な肉球ね」

江理奈は目の前の前脚を取り、自分の頬っぺたに当てて嬉しそうに笑った。

「んー、このプニプニ感が気持ちいい……な……」

うっとりとしながら、またまどろみの中に戻ろうとする江理奈の意識を、低い声が引っ張り上げた。ついでに取り戻した肉球で江理奈の頬をぽふぽふと叩く。

「おい、寝るな！　この子猫め、俺の手にそんな頬ずりをするとその、やわらかい頬にすりすりして気持ちがいい……ではなくてだな！　おい！」

モフモフはひどく動揺していて時折がるると唸《うな》りながら段々と声が大きくなってきたので、江理奈は本格的に目が覚めてきた。

「……あれ？　え？」

ようやく意識がはっきりしてきた江理奈は、ぱちりと目を開けて、自分の状況に気づいた。

「ここは……ベッド？」

そう、ベッドだ。

そして、彼女はベッドの中でモフモフした生き物にしがみついていた。

銀色の美しいその生き物は、そっと江理奈を押して、今度こそ彼女を自分の身体から離した。

「お前のような非力な子猫は俺への刺客には見えないが、俺に気づかれずにベッドの中まで忍び込むとは、さては只者《ただもの》ではないな」

「……え？　あなた、嘘……」

言葉の内容など、江理奈の頭にまったく入ってこない。

なぜならば、銀色の毛並みに、アイスブルーの瞳をしたその生き物は……。

「お前は何者だ？　どうやってここに侵入した？」

どう見てもそれは。

絶対に日本にはいない、そして、江理奈がものすごく憧れていた生き物で。

一生のうち、一度は会ってみたいと焦《こ》がれていた生き物で。

「なにが目的かは知らんが、この俺の……」

しかも、江理奈の予想以上に美しい、銀色に輝く生き物で。

「うわあ、信じられない！」

叫び声をあげながら江理奈がベッドの上で飛び起きたので、『攻撃か!?』と勘違いしたモフモフはベッドから素早く飛び降りて、戦闘体勢を取った。

いや、戦闘体勢を取ろうとしたのだが。

「狼だーっ！　うわあすごい、信じられない、本物の狼、しかも、キラキラで、モフモフで、なんて素敵な狼さんなの！」

「うわあ！」

笑顔の江理奈が飛びついてきたので、親切な銀の狼は江理奈が床に落ちないようにとうまく受けとめた。

そして彼は、毛皮に顔をうずめてむふむふと喜ぶ彼女を見ながら、「……なんだ、この、警戒心が皆無な生き物は？　どこから湧いて出たんだ？　なんでこんなに俺に懐いてるんだ？」と首を傾げつつ、前脚で江理奈の頭を「おーい、話を聞けと言ってるんだぞー」となかば諦めた様子でたふたふと軽く叩くのであった。

「おい、子猫」

「すっごく素敵な狼さん、こんにちは！」

夢なら覚めないで、と思いながら、江理奈はしっかりと狼にしがみつきながら挨拶をした。

「いや待て、今は朝だから、挨拶なら〝おはよう〟だ……ではなくてだな」

「はい、おはようございます！　朝から素敵な毛並みなんですね！　さすがですね！　モッフモフですね！」

「おう、ありがとう……では、なく、て！」

完全に相手のペースにのまれていると気づいた狼は、がっくりと頭を下げてから、なんとか言葉を絞り出した。

「違うんだ……俺が言いたいのは……」

巨大な銀の狼にしがみついて至福の時を味わっていた江理奈は、ようやく相手が困惑していることに気づいた。頬ずりするのをやめて、宝石のような狼の瞳を見つめる。

「……あの狼さん、もしかしてわたし……ご迷惑でしたか？」

「……いや」

江理奈に振り回されているはずの狼は、まん丸い瞳でそう尋ねられると、なぜか迷惑だとは言えなかったようだ。

「あの、ごめんなさい。あなたにお会いできたことが嬉しくて、興奮してしまいました」

モフモフから離れたくない気持ちをぐぐっと押し込めて、江理奈は床に座って言った。

「申し遅れましたが、わたしの名前は……」

その時、江理奈の頭の中でフォーチュナの言葉が響いた。

『この世界でのあなたの真名はフェアリナというの。でも、それは本当に信頼できる相手にしか明かしてはなりません』

突然聞こえた声に目をみはったが、江理奈は小さく頷いた。

「わたしの名前はエリナと言います。どうぞよろしくお願いします」

彼女は狼に向かって自己紹介をして、頭を下げた。目の前に話をする狼がいるというとんでもない状況なのだから、不思議な声が聞こえたくらいで驚いている場合ではないのだ。

「そして……実はわたしは、ここがどこだか、なんでこのベッドにもぐり込んでいたのか、まったくわかっていません」

「なんだと？」

「ごめんなさい、自分の名前しかわからないんです」

「…………」

彼女は狼のアイスブルーの瞳と見つめ合い、さっそく質問を開始した。

「ということで、状況を把握するために遠慮なくいろいろお尋ねします」

「お、おう」

「素敵な狼さん、あなたは誰ですか？　ここは、あなたの家なんですか？　それとも、狼さんの飼い主が住んでいるんですか？　わたしはいつからここにいたんですか？　……そして、わたしについて、なにか知ってることはありますか？」

狼は律儀《りちぎ》に質問に答えた。

「……俺の名はルディ、この家の主だ。生まれてこの方、誰かに飼われたことなどない。そして、気がついたらお前が俺にしがみついて寝ていた。昨夜、眠った時には、確かにお前はいなかった。俺は他人の気配に敏感だが、お前の存在にまったく気づかなかった……不本意なことだが、お前がいつ現れたのかがまったくわからない」

ルディと名乗った狼は、江理奈、いや、エリナをひょいとベッドの上に乗せた。

「まさか、お前のような子猫が手練《てだ》れの暗殺者とは思えないが……」

「あ、あんさつしゃ？　そして子猫？」

話がまったく見えないエリナは、狼のルディに尋ねた。

「暗殺……ルディさんは、暗殺者に狙われるような狼さんなんですか？　あと、なんでわたしのことをさっきから子猫って言ってるのでしょうか」

「……まさか、それすらも記憶がないのか？　お前は自分が何者か、本当にわからないのか？」

責められたような気がしたエリナは口をへの字にして、ルディに八つ当たり気味に言った。

「だから、名前しかわからないって言ってます。だいたい、なんで起きたらいきなり狼さんのベッドにいるのか、わたしには全然……え？」

狼は前脚で、エリナの頭をさわった。

「これはなんだと思う？」

ルディは、エリナの手をひょいとすくい上げると彼女の頭に乗せて、「自分でさわって確かめてみろ」と言った。

エリナが頭を探ると、そこには謎のモフモフしたものがついていた。

「え？　なにこれ、感触があるし、ふわふわ」

急いでもう一方の手でも頭をさわる。

「え？　え？　どういうこと？　これってまるで……」

両手で頭をまさぐっていたエリナは、ベッドの上から部屋を見回して、鏡を見つけた。ベッドから飛び降りて鏡の前に立ち、自分の姿を確認してぽかんと口を開ける。

「み、耳？　わたしに耳がついてる⁉」

「いや、普通みんなついているだろう」

「いや、だって、これって……猫の耳じゃないですか！　どうしてわたしの頭に白い猫耳がついてるの？　ええーっ、待って、わたし、どうして？」

「猫だからだろうな」

「わたしが猫！　それに、このわたし……」

鏡の中には、本来の歳よりもずっと幼い江理奈が映っていた。幼稚園か小学校低学年だった頃にこんな感じだったような記憶がある。

肩よりも少し下のサラサラした黒髪に、丸い顔、丸い目、そして頭には……。

「白い猫耳がくっついている！」

江理奈は白い猫耳をぴこぴこ動かしてから、がっくりと肩を落とした。

「なるほどね、これは確かに子猫だわ……」

（そうだ、思い出した。わたしは子犬の妖精を助けて、次の世界で人生をやり直すことになったんだ。それで、子犬の妖精がわたしをオススメの世界に連れていくって言って……）

エリナは、『まさか、わたしまでモフモフの仲間入りをするとは思わなかった！』と、鏡の前で立ちつくした。

妖精フォーチュナの力で、別の世界に転移して新しい人生を始めることになった江理奈であったが、予想と違って今までの姿で次の世界に来たわけではなかった。

鏡を見てわかったことのひとつ目は、頭に白い猫耳がついているということ。

人間の耳がなくなり、代わりに現れたこの猫耳は、自分の意思である程度動かすことができるし、もちろん音も聞こえる。ふわふわの白い毛で覆われていて、さわると気持ちがいい。

ふたつ目は、二十一歳の容貌ではなくなっているということ。身長も低くなり、見た目が六〜七歳くらいなのだ。幼女の頃に若返っているように見える。

みっつ目は、基本的に今までの江理奈の外見を引き継いではいるのだが、微妙に猫化しているように見えること。

顔は色白になり、ちんまりした丸顔なのだが、頬がふっくらと愛らしく子猫っぽい。瞳は真っ黒でまん丸だし、なぜが少し垂れていてこれがまた子猫っぽい。サラサラの黒髪は猫の毛並みのように艶《つや》やかで美しい。

エリナの姿を見たルディが彼女を〝子猫〟と呼んだのは、当然のことだと言えよう。

「耳が……耳が猫……わたしも、モフモフ……」

膝丈の、シンプルな白いワンピースを着たエリナは、呆然として鏡を見ていたが、やがてはっとして叫んだ。

「そうだ、尻尾は⁉」

「うん？」

混乱するエリナを見守っていた銀の狼は、彼女の行動を見て「うわあ、よせ！」と前脚の下に鼻先を突っ込んだ。エリナがワンピースをまくり上げて、お尻を確認し始めたからだ。

「……残念、尻尾は生えてなかったな。白くてモフモフした猫の尻尾があったら素敵だったのに。となると、耳だけが猫化してるわけね。……って、ルディさん、なにしてるんですか？」

エリナは、狼の前にしゃがみ込んで、顔を隠すルディの頭を「よーしよしよし」といつもの調子でわしゃわしゃかき混ぜた。

銀の狼は、ぐるるるる、と不穏な唸り声をあげながら、「なにをやっているんだお前は！　いくら子猫でも、男の前でスカートをまくるなどということをしては駄目だろうが！」とエリナを叱りつけた。

「え？　……あ、そっか、ルディさんは男の子だったんでした」

江理奈はえへへと笑った。

「お、男の、子……」

エリナから見たら、いくらしゃべっても狼は狼である。狼が相手なら、ぱんつを見られようと、なんなら一緒にお風呂に入ろうと、気にすることではない。

とはいえ、狼の方は気にしているようだったので、彼女は「ごめんなさい、ルディさん」と素直に謝った。

犬の妖精を助けて車にはねられて死んで、妖精の力で別の世界で生きることになったのだ。身体が猫化したくらいで驚いていては、とてもじゃないが新しい人生をやっていけない。

気を取り直したエリナは立ち上がると、ベッドにぽすんと座った。

「ふう。動揺して騒いだりしてすみません。ルディさん、突然ルディさんのうちにお邪魔して、ご迷惑をおかけしました。残念なことに、どうやらわたしはルディさんの見立て通りに非力な子猫のようで、持ち物はこの服くらいです。無一文で、頼れる人もいません」

「……どうやら、そのようだな」

幼い子どもにしてはしっかりしたしゃべり方のエリナを、少々不審に思いながらも、ルディは頷いた。

「あの、迷惑ついでと言ってはなんですが……」

「…………」

「わたしを、迷子預かり所か、孤児院のようなところまで連れていってもらえませんか？」

「迷子預かり所？」

「はい……」

エリナは耳をへにょっとさせた。

（誰も頼る人のいない世界で、わたしはちっちゃな女の子になっちゃった。二十一歳だったら仕事を探すこともできたけれど、これじゃあ誰も雇ってくれそうにないし……どうしよう。保護してくれる場所を探さないと、わたしは生きていけない……）

「……エリナ、と言ったな」

ルディはアイスブルーの瞳でエリナをじっと見て言った。

「お前は、名前以外は全部忘れていると言ったが、俺にはそうは思えない。それに、お前は子猫にしてはずいぶんとしっかりしている。なにか隠している事情があるのではないか？」

「ルディさん……」

エリナは『なんて賢い狼なんだろう』と思った。しかし、会ったばかりの銀狼に秘密を話すわけにはいかない。親切そうに見えるが、まだこの世界の状況も彼の立場もなにひとつわからないからだ。

そう、エリナの秘密を知ることで、彼に迷惑がかかったり、危険が降りかかる心配もあるのだ。

「……まあいい」

なにも話せないエリナの困った顔を見たルディは、前脚で彼女の手をぽんと叩いて言った。

「腹が減っているんじゃないか？　まずは腹ごしらえだ」

「……はい」

「よし」

そう言うと、驚いたことにルディは後ろ脚で立ち上がった。そして、みるみるうちに背が高くなり、頭から肩にかけては銀の狼だが、身体は銀の体毛に覆われた人間の男性のものに変わったのだ。

「服を着てから朝飯を食いに行くぞ」

今やルディは、大きくてモフモフな可愛い狼さんではなく、半分狼とはいえ背の高い引き締まった身体の男性なのだ。彼氏などというものが人生で一度もできたことのないエリナにとっては、彼の変身ぶりは刺激が強すぎた。

「ひゃあああああっ！」

まさかしゃべる狼のルディが人化するとは思わなかったエリナは、呆気《あっけ》にとられて不思議な現象を見守っていたが、やがて奇妙な声をあげて両手で顔を覆った。

「レディの前でいきなり裸になるなんて、いやあああん、ルディさんのえっち！」

「おい、ぱんつ丸出し猫のお前に言われたくないぞ！　少なくとも俺は毛皮を身につけているからな、お前のほうが破廉恥《はれんち》だったと思う！」

洋服ダンスから取り出したシャツを毛の生えた身体にまといながら、ルディはエリナに抗議するのであった。

「朝飯は……というか、俺はほとんど三食、外で食べている」

「……ルディさんは、自炊をするようには見えませんよね」

「どういう意味だ？　朝市ではうまいものを売っている屋台もたくさん出ているし、俺の同僚もみんな外で食べている」

「そうなんですか」

（世界が変わると常識が変わるんだな。そういえば、台湾《たいわん》の人も朝食は屋台で食べることが多いって聞いたことがあるし……）

ルディの家の台所には、青い魔石のついた水差し（冷たい水が湧き出す便利なものだった）

がひとつ置いてあるだけで、料理道具はおろか、お茶を淹《い》れる道具さえなかった。

「お茶も飲まないんですか？」

「いや、それは……帰りに買ってきたりとか……」

「やっぱり、自分で作るのは苦手なんじゃないですか」

「まあ、否定はしない」

彼はひとり暮らしである上に仕事が滅法忙しく、料理をする暇などないというのだ。

先ほど、エリナがやんやん言いながら両手で顔を覆っている間に、彼は素早く服を着ていた。濃いブルーのかっちりとしたデザインの上着に、同じ色のズボンのそれは、王国騎士団の制服なのだそうだ。

ちなみに、精悍《せいかん》な狼頭のルディが制服を身につけると、あまりにもカッコよかったので、エリナはしがみついてモフッとした頭に頬ずりしたいという欲望を抑えるのに必死であった。

彼の話によると、エリナがやってきたこの世界は、緑の大陸のひとつであるスカイヴェン国という獣人《じゅうじん》の多い国であった。そして、ルディは騎士団の王都警備隊に所属しているとのことだった。

「現在、緑の大陸は政情が安定していて、戦争などは起きていない。しかし、惑わしの森と呼ばれる瘴気《しょうき》の濃い場所から湧いてくる魔物や、魔大陸から飛来する巨大な魔物を退治したりするために、軍事力を維持しなければならない。そのため騎士団は、軍隊を率いる部門、王族や王宮を警護する部門、そして王都の警備にあたる王都警備隊や各領地に派遣される警備部門に分かれている」

「そうですか。戦争がないということで安心しました。騎士団の皆さんは、リーダーになるための訓練をされている戦闘のエキスパートというわけですね」

「……エリナは賢いな。本当にただの子猫なのか？」

「記憶がないのでわかりませーん。それよりお腹が空きました」

「…………」

ルディはエリナを訝《いぶか》しげに見ていたが「そうだな、飯にしよう」と肩をすくめた。

「さあ、来い」

「わあ、高ーい」

背の高い狼男のルディにひょいと抱き上げられたエリナは、朝市に連れていかれた。

なるほど、彼の鍛え上げられた精悍な姿や、エリナを軽々と持ち上げて颯爽《さっそう》と歩く筋力は、武人としてのものなのだろう。

ちなみに、なぜエリナがおとなしく抱っこされているかというと、彼女は服は着ていたが靴は履かずにこの世界にやってきたからである。ルディに靴を買ってもらわないと、自分の足で歩けないのだ。

「ルディさん、どこに行くんですか？　ね、ほら、あそこに美味しそうなものがたくさん売ってるんですけど、あの中から好きなものを選んでもいいんですか？」

カッコいいモフモフに抱き上げられてご機嫌のエリナは、物珍しそうに朝市の様子を見回しながら、頭は狼、身体は人間（ただし、銀色の毛で覆われている）のルディの耳に向かって小声で尋ねた。

本当はやわらかそうな銀の毛に覆われた耳をさわりたかったのだが、ルディが驚いてエリナを落としたら大変なので、『落ち着け、わたしの手！　素敵な狼をモフるためのゴールドフィンガーは、まだ封印中！』と逸《はや》る気持ちを抑えた。

活気のある朝市に集まった人々は半分以上が獣人で、エリナのようにほとんど人間に近い姿に耳や尻尾がついていた。そして残りの人々は、見たところ普通の人間らしい者をはじめ、耳が長くすらりと背が高く麗しいエルフ、ガッチリした身体のドワーフ、身長が二メートルを軽く超える巨人など、様々な種族であった。

「どうした、珍しいのか？　エリナは獣人だけの国に住んでいたのかもしれないが、緑の大陸にはいろいろな人種がいるし、海には海の一族の半魚族がいる」

「半魚族ですか！　ぜひ会ってみたいです」

「確か、焼いたイカや、タコを使ったうまい料理の屋台を出していたな。今度寄ってみよう」

ルディはスカイヴェン国の王都ではちょっとした有名人らしく、すれ違う人たちから頻繁に朝の挨拶をされていた。

そして、どうやら彼は迷子の世話をしていると勘違いされたらしく、「早く親御さんが見つかるといいですね」「お嬢ちゃん、このお兄さんといれば大丈夫だよ」などという声をかけられた。干した果物を握らせてくれる親切な女性もいた。

エリナは、まあ間違ってはいないので、こくこくと頷いては「ありがとう」と手を振り、王都の人々は狼にしがみついて干した果物をかじる可愛い子猫の姿に和むのであった。

ルディは、まず靴屋に寄って、エリナにやわらかな革でできた靴を買ってから「今日は屋台ではなく、馴染みの店に顔を出す」と彼女に言った。

ちなみに、靴を履いて歩けるようになったのだが、「お前は王都の人混みに慣れていないから、はぐれる心配がある」と言って、抱っこから降ろしてもらえなかった。

しばらくすると、食堂のような場所に着いた。

「ここは?」

「一応、食堂、だ」

フォーチュナの計らいで、この世界の文字が読めるようになっていたエリナは、『青弓亭《あおゆみてい》』と書かれた木の看板を見た。

他の食堂は皆、扉が開いて、朝食を食べに来た客を招き入れていたのだが、この店だけは木の扉が閉ざされたままだ。

なぜ〝一応〟がつくのだろうと首を傾げるエリナを片手で抱きかかえたまま、ルディは扉を開けると店の中に入った。

木製の椅子とテーブルが並んだ店内には飾り気がなく、エリナは『わたしだったら可愛いカーテンをかけたり絵を飾ったりするのにな』と思いながらルディの腕の中で店内を見渡した。

「隊長、おは……」

「早いな、キーガス」

すでに中にいた若い男性は、挨拶の言葉を途中で切って、穴があくほどルディの顔を見た。

「えっ、そんなまさか、た、たいちょおおお……」

語尾が震えていた。

「警備隊の隊長が……まさか、犯罪に走る……とは……」

丸い黄色の虎耳に黄色の短い髪をして、ルディと同じ騎士団の制服を着た、ムキムキの身体のたくましい若者は、せっかく爽やかなイケメンなのに、情けない顔で口元をひくひくさせながら呟いた。

「わあ、隊長、ずいぶんと若い嫁を見つけたんですね！　おめでとうございます！　さすがは隊長です、やるときはやりますね！　自分もあやかりたいです、さすがにもうちょい大人になった子で！」

いきなり祝福モードに入ったのは、狐《きつね》の耳をした男性だ。

サラサラの長く茶色い髪を後ろにしばった彼は、戦いを職業にしているというより、モデルか俳優のように見える。やはり騎士団の制服を着ているが、ひょろりとした体型で、騎士なのに〝キビキビした〟という言葉よりも〝のんき〟〝飄々《ひょうひょう》とした〟という形容の方が似合っている。

（あ、どこかで見たような気がしたけど、テレビで見た売り上げナンバーワンのカリスマホストに似てるんだ）

エリナにはホスト認定されてしまったようである。

「それにしても、ずいぶんと思いきりましたね。そういう趣味だとは思いませんでしたが、俺は否定はしませんよ。さすが隊長です、変態とか犯罪者とかそんな世間からの声なんてまるっと無視して自分の欲望を貫く姿は尊敬に値しますよ！　あれですか、〝俺に逆らう者はこの王都では生きていけないぞ、ふははははすべて粛清してやるわ〟的な感じで」

「黙れ」

ルディは右手を獣化させて鋭い爪を出すと、狐の獣人に突きつけた。

「おめでとうサファン、お前が粛清の一番乗りだ」

「やだなあ、冗談ですよ！　ほら隊長、子猫ちゃんが怯《おび》えるから、そんな物騒なものは早く引っ込めた方が……あれ？　怯えてないで、じゃれてる？」

エリナは『わあ、虎耳さんと狐耳さんがいる！　やっぱりモフモフに変身するのかなあ、虎と狐……うう、モフりたい』と脳内妄想をしていたが、恐ろしい爪がむき出しになった狼の手が視界に入ると、大喜びで引き寄せて「わあい、すごい爪ー」とすべすべの表面を撫《な》でつつ、肉球を揉んでいた。

「隊長のその爪を撫でて喜ぶなんて……」

「この子猫は大物なんだ」

ルディはサファンに向かってなぜか得意そうに言うと、ふんと鼻息を荒くした。

「……いえ、隊長……自分は、やはり、その嫁は若すぎると……」

まだ口元をひくひくさせながら、勇気ある虎耳の獣人が上司に進言した。そんな虎に、ルディは厳しい声で「キーガス、お前は本気で勘違いするな！」と言った。

「この子猫は、俺が一時的に保護しているだけだ。嫁ではない」

「でも……可愛いし……隊長が積極的に女性に触れるなんて姿、初めて見たから……」

「嫁ではない！　繰り返す、嫁ではない！　わかったか、キーガス？」

「はっ！」

ムキムキの虎男は、直立して敬礼をした。

「了解です！」

「そしてキーガス。お前はこのエリナと同じく猫科の獣人だが、まさか……よからぬ考えを……」

ルディの眼光が鋭くなり、アイスブルーの視線が虎のキーガスを貫いた。

「じっ、自分に幼女趣味はありません！　今そこに猫の獣人が存在する、それ以上の認識は持っていないことを報告いたします！」

「ならいい。楽にしろ」

「はっ！」

キーガスは、崩れるように店内の椅子に腰かけ、長いため息をついた。

「大丈夫だ、エリナ。お前の安全はこの俺が保証するからな」

「……ルディさん」

肉球を揉み揉みしていたエリナだったが、安全というルディの言葉を聞いて手を離した。

「なんだ？」

「もしやこの世界は、女性には危険なところなのでしょうか？」

エリナはルディのモフモフした首にきゅっとしがみついて言った。

「その……わたしのような子猫には、身の危険がある世界なんですか？」

治安がよいとされる日本でも、若い女性がひとりで暮らしていくには様々な危険があった。ましてや、今いるのは右も左もまったくわからない異世界なのだ。その上、エリナの身体は幼い猫になっている。誰かに襲われたらひとたまりもない。

ルディは、不安になったエリナをぎゅっと抱きしめてから、虎の騎士に向かって厳しい声で言った。

「キーガス、エリナが怯えているではないか！　貴様はエリナを見てはならん！」

「はっ！」

虎の獣人は、身体を回転させると素早くエリナから視線を逸らした。

「キーガスは同じ猫科だからな。しっかりした男だし、信頼する部下なので信じているが、エリナはこの通り、非常に可愛らしい。なので念のためだ」

「……隊長が俺を信じて……褒められて……喜びたいが……尊敬する隊長に……幼女趣味を疑われているのは……つらすぎる……」

無実の罪を着せられそうな気の毒なキーガスは、椅子の背を抱えて寂しそうに呟くのであった。

「隊長、これから朝ごはんですよね」

「ああ」

狐のサファンの問いに狼の顔の隊長は頷いた。

ふたりの隊員とルディを見比べていたエリナは、ふと疑問を持つ。

（キーガスさんとサファンさんは、なんで顔が人間なんだろう？　っていうか、朝市に来ていた人もみんな顔は人間だったな）

ふたりの警備隊員も市場にいた人たちも、人間の姿に耳と尻尾がついているのだが、ルディだけは狼の顔をして肩までモッフモフなのだ。しかし、それはエリナにとっては嬉しいことだったし、彼のことを男性ではなく狼だと認識しているのも、こうして懐いている理由だったので気にしないことにした。

「ほら、子猫のエリナちゃん、こっちにおいで」

狐のサファンが、食堂の椅子に座らせようとしてエリナに手を伸ばしたが、狐耳がついたイケメン青年に対して彼女は固まった。

見た目は子どもだが、中身は二十一歳のお年頃の女性なのだ。たとえ見た目がとびきり美形でも、そう簡単に見知らぬ男性と接触したくない。

身体をびくりと震わせてルディの首にしがみついたエリナを見て、サファンは「あれー、そんなに隊長に懐いちゃってんの？」と頭をかいた。

「俺、子どもには好かれる方なんだけどな。なんかショック……」

その狐耳がへにょっと力なく垂れたので、エリナは慌てて「ごめんなさい」と謝った。

「でも、わたしはサファンさんのことはよく知らないから……」

サファンは納得したように頷いた。

「そうだね。君のような可愛い子はむしろ、それくらい慎重じゃないとね。誰かに攫《さら》われでもしたら大変だ。でも、俺たちは王都の警備隊だから、そこはおまけして信じてね」

「はい」

と、そこでエリナは首を傾げる。

（ルディさんのことも、よく考えたらなにも知らないよね？）

しかし、エリナにとってはモフモフは正義なのだ。身元不明の狼に半分寝ぼけながらモフモフした行動は、反省していないし、モフモフに悪い子はいないのだ！

ということで、彼女は遠慮なくルディにしがみついたままでいる。ついでに、頭に指を突っ込んでモッフモッフとかき回して楽しんでおく。

「ルディさんは、隊長さんなんですね。偉いんですね、よーしよーしよしよし」

「ああ、そうだ。隊長を務めている」

「よーしよしよし」

「おお……これは……」

ルディがよく慣れた犬のようになって気持ちよくモフられている姿を見て、狐と虎は羨ましさを感じてしまった。モフモフした動物はすべて、エリナに本能的に魅《ひ》かれる運命なのだ。

「隊長ばっかり、ずるい！」

「そんな……気持ちよさそうに……ずるい」

サファンとキーガスが、じとっとルディを見ながら抗議した。

「だって、隊長さんは狼だから」

いくら耳がついていても、成人男性の髪をわしゃわしゃとはしたくないので、エリナは言った。

しかし。

「それなら、俺だって狐だもん！　ほら見て、エリナちゃん」

「……俺は……虎だから……これなら……」

なんと、エリナの目の前で、サファンは肩から上を狐に、そしてキーガスは肩から上を立派な虎の姿に変えてしまったのだ。

「どうかな、ちょっと素敵な毛並みじゃない？　ほら、エリナちゃん、もう俺たちは友達じゃん！　仲良しじゃん！　だから、撫でてくれていいんだよ」

「俺は……虎の警備隊員として……猫の身の安全を、守る役目だ……特に、子猫の安全は……」

ふたりとも大変なアピールだ。

ふれあい動物園に、餌《えさ》をたくさん持って入ってしまった時のようだ。

そして、目の前にふたつのモフモフ頭が差し出されたエリナは……当然のことながら「ひゃっほう！」と奇声をあげながら、危険なモフモフスキーとなって狐と虎をモフりまくったのであった。

「ごめんね、サファンたちに留守番させちゃって。参ったよ、ベーコンが切れていたんだ。今すぐ朝ごはんの用意……を……え？」

食堂の扉が開き、動きやすそうなシャツにパンツ姿の若い女性が入ってきた。食材が入った袋を持った彼女は頭にはキジトラの猫耳がついていて、長い焦げ茶の髪は後ろで三つ編みに編まれている。

「あ、あんたたち、なにやってんの？　ってゆーか、その格好は……」

彼女が目にしたのは、憮然《ぶぜん》とした表情で子猫を抱っこしている狼男と、右手と左手で狐と虎を同時にモフる白い猫耳の幼いエリナの姿であった。

「よーし、よーし、よしよしよーし」

「あっ、そこ、気持ちいい……」

狐はうっとりとした声で満足しているし、虎にいたってはゴロゴロと喉を鳴らしっぱなしだ。

「うわ……情けな……」

猫の女性が袋をカウンターに置いて、呆れた目で三人のモフモフ男性を見ていると、ルディが彼女に声をかけた。

「お帰り、ミメット。今朝の朝定食はベーコンか」

「……いやいや隊長、ベーコンよりも、問題はそのふたりだよね、かなりおかしいよね」

「おかしいというか……」

自分もエリナの手にかかると似たような状態になるルディは言葉を濁し、咳払いした。

「まあとにかく飯を頼む。サファン、キーガス、もう終わりだ」

「はーい。ふたりとも、いい子ちゃんですねー」

エリナは終わりにモフモフッとしてから、すっかり懐いた狐と虎から手を離した。

「あー、サイコー」

狐のサファンはそう言うと、太い尻尾をふさふさと揺らしてから笑顔で伸びをした。

「なんだか元気が湧いてきちゃったな！」

「…………」

虎は、ようやくゴロゴロいうのをやめた。

そしてふたりは満足のため息をつくと、肩から上をもとのように人間に戻した。

ミメットは「あたしはなにも見なかった、見てないったら見てない」とぶるぶる頭を振ってから「その子も朝定食を食べていくよね？」と尋ねた。

「ああ。食べやすいやつを頼む」

「子猫にも食べやすいやつ……あー、食べやすいやつね、がんばるよ」

猫のミメットが、なぜか遠い目をして「うん、努力する……」と呟いたのを見て、エリナは『この猫のお姉さん、大丈夫なのかな』と不安になった。

そして、その不安は的中した。

「うわあ、くっついちゃったよ」

ガリガリガリ！

「やだ、もう！」

ゴガガガガッガッ！

「なんか生っぽいけどいいや、押し付けて焼いちゃえ」

ジャアアアアッ！

「はっ、はがれない！」

ガツッガツッガツッ！

「ねえ、ルディさん……大丈夫、なんですか？」

「……ミメット……」

カウンターの向こうにあるキッチンで奮闘するミメットの様子に、客一同は無言になる。

調理には不似合いな音を立ててしばらくしてから、ミメットがカウンターに料理を並べた。

「はいよお待たせ、朝定食を四つ！」

「……え？」

出されたものを取りにカウンターに駆け寄ったエリナは、目をパチパチさせた。

皿の上には、パン屋から買ってきたパンと、こんがりしすぎて一部が炭になっている、ベーコンだったはずの黒い塊がのっていたからだ。

（なにをどうしたら、こんなものが出来上がっちゃうの？）

振り返ったエリナが男性たちを見ると、彼らはがっくりと肩を落としている。どうやらこれは、予想通りの結果だったらしい。

「エリナは……俺が表面を削ってやるから、火の通っていそうなところを食べろ」

ルディは、エリナを椅子に座らせてポケットから小さなナイフを取り出すと、ベーコンだったものの炭をこそげ落とした。

見ると、狐と虎もそれぞれナイフを取り出している。

（食堂に来るのにマイナイフを携帯してくるって、おかしいよね！）

エリナは、外は真っ黒で、中が生のままのベーコンを見て残念な気持ちになった。

日本のベーコンはきちんと加熱してあるから生で食べても大丈夫なのだが、この世界のものはどういう製法なのかわからない。場合によっては生だとお腹を壊す危険がある。

（これは……もったいなすぎるよ、せっかくの美味しそうなベーコンが……こんがり焼いたら、じゅわっと旨味が染み出す美味しいベーコンが！　ああっ）

切り詰めた生活をしてきたエリナにとって、ベーコンの塊は貴重なご馳走《ちそう》なのだ。

彼女はぐっと拳を握った。そして情けない顔になって炭を削る男たちを見ている、猫の獣人女性に声をかけた。

「すみません、あの……ミメットさん」

「え？　ああ、ごめんね。食べやすくしてやろうとは……思ったんだけどさあ……」

耳をへにゃりとさせて、ミメットは泣きそうな顔をした。

「お腹を空かせた子猫に、ろくな食べ物も出してやれないなんて……やっぱりあたしには、この店をやっていくのは、無理、なのかな……」

悲しげなミメットの姿を見て、エリナは昔の自分を思い出していた。なにをやっても叱られて、いつも肩を落としていた自分を。

「ミメットさんは、お料理、苦手なんですか？」

「……勘がよくないんだろうね。料理人だった兄貴が旅に出ている間、この店を潰したくなくて、がんばってみたものの、どうにもうまくいかなくてさ」

しょんぼりして涙目のミメットに、エリナは思いきったように言った。

「あの、よかったら、わたしにやらせてください！」

「え？　やらせてって、もしや料理をかい？　あんたみたいな小さな猫に？」

ミメットは驚いてエリナの黒い瞳を覗き込んだ。

「もしかしてあんた、料理をしたことがあるの？」

「はい。わたしはひとりきりで生きてきたから、ごはんも自分で作っていたんです」

「エリナ……食事の支度もひとりきり、だったのか」

ルディが呟いた。

「調理器具が、たぶんわたしが知っているものとは違うと思うので、火の使い方を教えてください。ベーコンはまだありますよね?」
エリナは椅子から降りると、食堂のキッチンに入った。

料理人エリナ

青弓亭のキッチンは、当然大人の背丈に合わせて作られているので、小さな女の子になってしまったエリナには高すぎた。

そこで、ミメットは裏から木箱をふたつ持ってきて、調理台と火の前に置いた。これを踏み台にすればなんとかなりそうだ。

「この火は、どうやってつけるんですか？」

それはガスレンジに似ていたが、スイッチのようなものが五つ並んだ横に赤い石がはまっていて、エリナには使い方がわからない。

「この石はなんですか？」

中で赤い光が揺らめく石は、ルディの家にあった水差しについていた石に似ていた。あちらは青い光を閉じ込めていたが。

「これは火の魔石だよ。魔石の使い方も知らないなんて、どこからやってきたお嬢様なの？これは業務用の上等な石だから、かなり大きな火力が使えるんだ。子どもには火が大きすぎるから気をつけるんだよ」

ミメットは、四つのスイッチは右からとても大きな炎、大きい、中くらい、小さな炎が出せるもので、それからもうひとつは火を消すスイッチだと説明した。

「押せばつくから、気をつけて使ってね」

「はい」

エリナは何度か魔石を押して、火の大きさを確認した。

洗い場に置かれた焦げついたフライパンをガシガシと洗いながらミメットが言った。

「あたしが使うと、どういうわけか肉がくっついちゃうんだよね」

「……それはおそらく、フライパンに油が馴染んでいないからです。フライパンにしっかり油をひいてますか？　どんな油を……ミメットさん、まさか……」

キジトラ猫のミメットの視線が泳いだので、エリナは尋ねた。

「もしかして、油をひかずにベーコンを焼いたんですか？」

「うーん、だってさ、ベーコンなら、脂がたくさんついているから大丈夫だと思ったんだけど……」

全然大丈夫ではなかったようだ。

「考え方は悪くないと思いますよ」

エリナは言って、ミメットにベーコンの焼き方を見せることにした。

フライパンは、ミメットの怪力ですっかり磨き上げられてピカピカになり、魔導コンロの上に置かれた。

「で、油はありますか？」

「ええと……ちょっと今は切らしていて……」

準備すらされていなかったようだ。

「わかりました、大丈夫ですよ」

エリナはまな板がわりの大きな木の板の片隅にベーコンを置き、まずは表面の脂を切り落とした。そして、脂身だけをまだ火がついていないフライパンに入れた。

「ミメットさん、こうやってあらかじめ低温で脂身を温めると……ほら、油が出てきたでしょ」

コンロに一番小さな火をつけて、ゆっくりとベーコンの脂身を温めていくと、やがてジュクジュクと油分がしみ出してきた。

「へえ、固まりじゃない油になったね」

その横で、エリナはベーコンを少し厚めに切る。

「卵やお野菜はありますか？」

「ああ、ここにあるよ」

籠《かご》に入った卵とトマトが、どうやら魔導冷蔵庫らしい箱から取り出された。

エリナは包丁を洗い、木の板の端でトマトを櫛形《くしがた》に切った。

「お肉とお野菜は、絶対にくっつけちゃ駄目ですよ。生で食べるものと、火を通さなければならないものは別々に調理しないといけないんです。調理器具も洗ってくださいね。次はお皿をください」

人数分の皿に、エリナはトマトをのせる。そして、ミメットが出してきた、砕いた岩塩と胡《こ》椒《しょう》らしい香辛料と、バジルのようないい香りの乾燥した葉を、パラパラとトマトにかけた。

「いい香り……これは、質のいいスパイスですね」

「うん、うちの兄が残していった高級なスパイスなんだよ。よくわかったね。子猫なのに、鼻がいいんだね」

「美味しいものには鼻が効くんです」

エリナは笑いながら、フライパンの中のカリカリになった脂身を取り出すと、サクサクと粗く刻んでからトマトにのせる。

「岩塩とスパイス、トマトの酸味、そしてフライドベーコンの脂分とサクサク感で、ドレッシングがいらないんです。チーズがあると、さらに美味しいんですけど」

「あるよ！」

素早く出されたチーズを、エリナはほろほろと崩してトマトにのせた。そして今度はフライパンの中にベーコンの塊を入れ、中火にした。

溶けた油で濡れたフライパンの肌にはベーコンがくっつかないのを見たミメットは「なるほど、そうすればいいんだね」と頷いた。

「あらかじめ油をひいて焼いた方がもっと簡単ですけど、こうするとサラダにカリカリベーコンが使えていいアクセントになりますね。あとは、火の強さに気をつけることです」

厚切りベーコンの両面がこんがりと焼けた頃には、中にもしっかりと火が通った。

エリナはベーコンを皿に盛りつけると、今度は油が残ったフライパンに卵を割って落とす。

「なるほど、そうすると卵もくっつかないで焼けるんだね」

ミメットが頷いた。

「フライパン用の蓋《ふた》はありますか？」

「ほいっ」

「次は、カップに半分くらいの水をください」

「ほいっ」

エリナは熱いフライパンの中に水を入れて、ジャーッと音をさせ、木の蓋をした。

こうして、トマトとチーズのサラダの脇に、こんがりと、かつジューシーに焼かれたベーコンと、半熟になった目玉焼きがのせられて、食堂のテーブルに並べられた。

「これを、エリナが作ったのか？」

エリナが見かけ通りの年齢だと思っているルディは、驚いて彼女の顔を見た。

「たいした腕だが、これは……まだ幼い子猫のやることではない。つまりエリナは、こんなに腕を上げるほど食事の支度を普段からせざるを得なかった、ということなのだろうな……」

痛ましげにエリナを見るルディとは対照的に、狐のサファンは瞳をキラキラさせて歓声をあげた。

「うっわー、美味しそうな朝ごはん！　まさか、青弓亭でこんなに美味しそうな料理を食べられるなんてね。ギギリクがいた時みたいだよ。さっきの焦げ焦げを見た後だから、余計に美味しそうに思っちゃうよー」

「ちょっとサファン、失礼だね！　と言いたいところだけど、事実だからなぁ。あたしにはなにも言い返すことができないよ……」

ミメットはナイフとフォークを皆に配り、自分もテーブルに着いた。

エリナもちょこんと座った。

「こうしてみんなで朝ごはんを食べるのって、楽しいですね」

エリナはにこにこして言った。

「いつも朝は、ひとりで安売りしていたパンをかじったり、冷たい残りごはんを持ち帰って食べていたから。こんなに豪華な朝ごはんを、誰かと一緒に食べられるなんて……幸せです」

「エリナ……」

「熱々のごはん、嬉しいにゃん」

お腹をキュルキュル言わせたエリナは、気持ちが高ぶったのか、それともリラックスしすぎたのか、口調に猫が交ざってしまっていた。

そして、そんなエリナの姿を見て、ルディは切なくなった。

（エリナはいったいどれだけ寂しい暮らしをしていたんだ⁉　うっ、胸が痛い……）

ルディは制服の上から胸を押さえた。

（エリナがかわいそうすぎてつらい……）

笑顔の子猫と対照的に、他の者たちも悲痛な表情をした。

「さ、さあ、熱いうちにいただこうよ。ありがたき糧《かて》を！」

ミメットはその場の雰囲気を変えようと明るく言って、ベーコンエッグとトマトサラダを食べ、そして驚いた声で言った。

「ふわっ、なんてこと！　同じ材料を使ってるのに、なんでこんなに違うの？」

目を丸くするミメットの言葉には誰も答えない。なぜならば皆、「ありがたき糧を」と言ってから、ものも言わずに朝食を食べているからだ。

「ねえ、このベーコン、表面がこんがりカリッと焼けてるのに、中はすごくやわらかいよね。どうしてなの？」

（わ……おいし……おいし……）

エリナももぐもぐと口を動かして、ベーコンの旨味を味わっていた。日本で暮らしていた頃には、こんな上等のベーコンなど口に入らなかったのだ。

（厚切りベーコンってすごーく美味しいな。ジューシーで豚肉の旨味が濃くって、まるでス

テーキみたいな感じがする……ステーキ、食べたことないけど）

美味しく朝食を食べつつ、ミメットの質問に対して答える。

「それはですね、弱めの中火で焼いて、中まで火を通してから、少し強火で焼いて仕上げてあるからなんですよ。それにしても、このベーコンは美味しいですね。甘みがあるからアップルベーコンっていうのかな？」

「そうだよ、よくわかったね！　店の者の話だと、アップルの果汁で漬け込んで、アップルの木で燻《いぶ》してあるんだってさ。こんないいベーコンなら、あたしにも美味しく焼けるかなって……思って買ったんだけど……違うんだね。あんたの料理を見ていて、そのことがよくわかったよ」

ミメットは、美味しいベーコンを味わいながら、自分の作った炭の塊を思い出していた。

「それよりも……」

朝食を綺麗に食べ終わると、ミメットがエリナに言った。

「ねえ、あんた、あたしのところで働いてみない？」

「わたしが？　この食堂でですか？」

踏み台を使って調理台にやっと届く自分を働かせてくれるというミメットの申し出に、エリナは驚いた。

「そうさ。見かけない顔の猫だけど、あんたは最近この王都に来たの？」

「えっと……」

困ったようにルディの顔を見ると、彼はエリナの頭にぽんと手を置いて言った。

「この子は今、俺が保護している。身の振り方はまだ考えていないが……」

「じゃあ、それが決まるまででもいいから、あたしんとこに来てよ！　お願い！　悪いようにはしないからさ、ね？」

「おい、ミメット、エリナを怯えさせるな」

ミメットにぐいぐい迫られるエリナを、ルディはひょいと抱き上げた。

しかし、エリナの料理の腕を知ったミメットは食い下がった。

「あんた、エリナって言うんだね、同じ猫のよしみでさ、考えてみてよ。あたしはこの食堂の店主であるギギリクの妹のミメットだよ。しょうもない兄が、ふらっと料理の修業と称した旅に出ちゃったから、この食堂を引き受けてるんだけど……肝心の料理の才能がなくてさ」

彼女は肩を落とした。

「閉めちゃうと、営業許可を取り直すのが大変なんだ。で、兄さんの知り合いの警備隊のみんながこうして順番に食べに来てくれるんだけどさ……これじゃあ、申し訳なくて……」

「ええと、まあ、そんな感じ」

サファンは、肩をすくめた。

「正直言って、ミメットがもっと上達してくれると助かるなあ」

「ギギリクは、ケガをする前は警備隊にいた仲間だから、留守を守ってやりたい。やりたいんだが……」

ルディは言葉を濁した。

「………」

そして虎のキーガスは、お代わりしたパンでお皿を拭ってピカピカにしながら、まだ食べていた。

「ねえ、ルディは日中だけでなく夜間にも仕事があるでしょ？　その間、エリナはどこかいる場所があるのかな？」

そこまで考えていなかったエリナとルディは、顔を見合わせた。

彼女はこの世界にやってきたばかりでなにもわかっていないし、ルディも突然現れたエリナをどうしたらいいのか、まだ判断に困っていた。

「エリナが青弓亭で働いてくれるなら、あたしが力になれるよ。夜勤の時は、うちに泊まってくれても大丈夫。この建物はもともとは宿屋だったから、ちょっと手を入れればひとり分の部屋くらいすぐに用意できるしね」

「そうか。夜勤のことまでは考えていなかったな」

銀の狼は首をひねった。

「慣れない土地で、夜の留守番は心細いと思うよ。ましてや、この子はまだ子猫なんだ。あと、あたしがこの王都について、基本的なことを教えてあげる。仕事の合間にはこの辺りを案内してあげるし……どうかな、いい話だと思わない？　この店は、細々とでも、とにかく続けさえすればいいから、ひどく忙しく働かせるつもりはないし。もしもエリナが短期間しかここにいなくても、料理のコツなんかをちょこっと教えてもらえるとあたしは大助かりだよ。どう？」

つまりミメットは、料理を教えてもらう代わりに、臨時の〝迷子預かり所〟を引き受けようと言っているのだ。

ルディは、ミメットの兄であるギギリクと気心の知れた付き合いをしていたし、ミメット自身が信用できることも知っている。

彼は、エリナに向かって頷いた。

「なるほどな。エリナの気持ち次第だが、ミメットのところなら信頼できる」

そして、当のエリナはというと。

（これはもしかして、わたしの願いが叶って最高の就職先が見つかったということなの？　さすがはフォーチュナさん、見事な加護をありがとう！）

心の中で、フォーチュナに感謝をしていた。

フォーチュナに仕事が欲しいとは言ったものの、エリナは動物の世話と、あとは日常の家事くらいしかできることがない。そして、この世界の動物はどうやら皆自立している様子なので、エリナの世話など必要としていないのだ。

（わたしの料理の腕も、今回は高評価をもらったけど、それはミメットさんの〝個性的な料理〟との比較があったせいだもの。プロの料理人として仕事ができるかといったら、そこまでの自信はないし……しかも、こんな子猫になっちゃったし）

フォーチュナは〝安全に生きていける環境〟として、面倒見がよくて頼り甲斐がある、しかも、とびきり素敵なモフモフである狼のもとへとエリナを送り込んでくれた。

エリナを庇護《ひご》欲がそそられる子猫の姿にしてくれたせいか、ルディは彼女の保護者として甘すぎるくらいに保護者精神に燃えている。

けれど、彼は王都の警備隊長という仕事をしているし、エリナも彼の厚意に甘えるより、自分の力でこの新しい世界で生きていきたいと考えている。

（ミメットさんは親切そうな人だし、この青弓亭で働ければ、わたしはここでやっていけそうな気がする）

エリナはミメットの目を見つめて言った。

「もしよかったら、ミメットさんのところで働きたいです。ミメットさんのように信頼できるお姉さんに出会えて、わたしはとても運がいいと思います。どのくらい力になれるかわかりませんが、できるだけお役に立てるようにがんばりたいです」

エリナは「まだまだ未熟者ですが、どうぞよろしくお願いいたします」と頭を下げる。

「……この子……なんて素直で可愛い子猫なの……」

歳に見合わない丁寧な挨拶をするエリナを見て、ミメットは震えた。

「エリナってなんて可愛らしい子猫ちゃんなんだろう、可愛いよ、もう、なにもしないでそこに座ってるだけでもいいよ！　さあ、お姉さんのところにいらっしゃい」

いらっしゃいと言いながら、ミメットは素早くエリナのそばに寄ると彼女を抱き上げた。

「大丈夫だよ、このミメット姉さんがあんたのことを守ってあげるからね！　同じ猫族なんだ、あんたはあたしの妹分だよ！」

興奮のあまり、ミメットの肩から上はキジトラの猫の姿になってしまった。

「よしよし、エリナは可愛いねえ」

大好きなモフモフさんに抱っこされた上、ゴロゴロ言いながら頬ずりされては、モフモフスキーのエリナはたまらない。思わず「むふん」と変な声を出してしまい、ミメットのふんわりした猫の毛を両手でかき回してしまった。

「うはあ、ミメット姉さん、やわらかいですぅ、モッフモフですぅ」

「ううん、エリナったら本当に可愛い子猫だね！　んもう、その小さな手でさわられると、ひっくり返ってお腹を見せたくなってきちゃうよ、困った子猫ちゃんだこと！」

「姉さーん」

「エリナー」

モフる者とモフられる者。

禁断の光景を前にして、サファンとキーガスは内心で『羨ましいなあ……』と思った。

しかし、ルディだけは違った。

（なぜだろう？　エリナがこんなにもしっかりしているのは、苦労してきたせいだけなのか？　それとも、彼女にはなにか深い事情があるのだろうか？）

アイスブルーの目を細めて、そう思いを巡《めぐ》らせるのであった。


「行ってらっしゃーい」

エリナは小さくて白い耳をぴこぴこと動かして、ルディ隊長とサファン、キーガスの出勤を見送った。

「エリナはそこに座って待っててな！」

そう言うとミメットはエリナの口に飴玉《あめだま》をひとつ放り込み、すごい速さで洗い物を始めた。

兄のギギリクと食堂をやっている時には、ミメットは洗い物と接客を担当していたので、大変手際がいいのだ。

そう、料理以外は。

エリナは、口の中で飴玉をコロコロと転がして、その甘さを楽しんだ。前世では切り詰めた生活を送っていたため、お菓子は滅多に口に入らなかったのだ。

頬を緩ませて「甘ーいにゃん」と喜んで飴玉を舐《な》めるエリナの可愛さに内心できゅんきゅん

しながら、ミメットは片付けを終えた。

「うちの食堂はね、今は朝に三~四人、夜にもそれくらいのお客さん……といっても、ギギリク兄さんの同僚だった警備隊の騎士たちなんだけどね、彼らが来てくれるんだ」

仕事を終えたミメットは、エリナの向かい側に座ると頬杖をついて言った。

「この食堂を潰さないために、あたしの、いつまでたっても上達しない料理を順番に食べに来てくれる。ありがたいけど、申し訳ないんだよね。あたしは、身体を張った仕事をしている騎士たちに、美味しくて精のつく料理をお腹いっぱい食べさせてやりたいんだよ。だから、エリナ、頼むよ」

「ミメットさん、わたしこそお世話になります。できる限りのお仕事をさせてください」

片方の頬っぺたを飴玉で膨らませたまま下げた小さな頭を、ミメットが撫でた。

「あんたはまだ小さい猫なんだから、もっと大人に甘えていいんだよ。あたしのことは、本当の姉さんだと思っていいからね」

「……はい」

優しい猫の言葉に、今まで温かな言葉をかけてもらったことの少ないエリナは、胸の奥底をほっこりさせた。

「さて、腹ごなしにその辺を散歩しようかね」

ミメットはそう言うと、エリナをひょいと抱き上げた。

「……あの、姉さん」

「なんだい？」

「わたしはもう赤ちゃん猫じゃないから、ひとりで歩けます」

「…………」

とても残念そうにエリナを下ろしたミメットは、エリナと手を繋いで、「さ、行こ！」と笑った。

今夜はカツレツ

エリナはミメットにしっかりと手を繋がれながら、市場を回った。

「ルディに頼まれたからね、まずは着るものを買うよ」

ミメットはまず、シンプルな白いワンピース一枚しか持っていないエリナのために、既製服が売っている店に行った。そして、ルディから預かったお金で、普段着を三枚と下着を三セット、そしてナイトウェア代わりのすとんとしたワンピースを買った。

「おめかしする時に着る服は、後でルディと買いに来るといいよ。……あの狼隊長が、女の子の服を選ぶ姿を想像するとおかしいね」

ミメットが笑いながら言ったが、エリナはルディにお金を使わせてしまったことが気になった。

（ミメットさんのところで働いて、お給金が入ったらルディさんに返そう）

運が悪くて誰にも頼らずに生きてきたエリナは、他人に借りを作るのが怖かった。借りた以上のものを搾取されるのではないかと不安になるのだ。

「ほら、ついでにおやつでも買えって言われてるから、あの果物の搾《しぼ》りたてジュースでも飲もうよ」

「あ、ミメットさん、わたし……」

「あはは、子どもが遠慮することないさ！　あのルディは堅物だから恋人もいないし、たっぷりとお金を稼いでいるのに使うあてがないんだからね。可愛い子猫に服やジュースを買ってやるくらいじゃ、懐が痛くもかゆくもないんだよ。むしろエリナがおねだりすることが、ルディのご褒美《ほうび》になるくらいだよ」

「そういうものなんですか……」

ミメットの兄はケガをして辞める前は警備隊員だったので、その隊長であるルディがどのくらいの給料をもらっているのか見当がつく。そして、「エリナにあれこれ買ってやってくれ」と言いながらお金を預けるルディの表情を見て、適度に散財した方が独身の堅物狼が喜ぶと踏んだのだ。

「そうさ、それが男の甲斐性ってものだからね。ルディに花を持たせてやりなよ」

「はい！」

エリナは、帰ったらルディにお礼を言って、これでもかとモフって感謝を伝えようと考えるのだった。

ミメットは買った服の袋に青弓亭と書いた札をつけると、「じゃあ、配達を頼むね」と顔馴染みの店員に言って、エリナを連れて食料品を中心に市場を回った。

この世界は、エネルギー源に魔石という魔力を封じ込めたものが使われているし、魔法使いも存在する。そもそも獣と人間のふたつの姿を持つ獣人自体が魔法の生き物なのだ。地球とはかなり環境が違うのだが、幸い食品に関しては似通ったものがほとんどだったため、エリナは安堵した。

エリナはこの世界の言語を流暢《りゅうちょう》に話すことができるのはもちろん、読み書きも普通にできる。エリナが支障なく暮らせるようにと、フォーチュナが様々なおまけをつけてくれたからなのだが、これが一番ありがたかったかもしれない。

「ミメットさん、青弓亭では朝食と夕食を出しているんですか？」

肉料理から覚えたいというミメットの意向で肉屋に向かいながら、エリナは尋ねた。

「そうだよ。昼は、警備隊のメンバーは忙しいから店は朝と晩だけにしているよ。うちの兄さんがいた時は、昼と夜に店を開けてたんだけどね」

この国では朝は屋台や食堂の朝食を取る者が多い。ミメットの朝食があまりにもひどい時は、不幸な警備隊員たちは改めて屋台で食べてから仕事に行くこともあるということだ。

「兄の元同僚で仲間だからといって、警備隊の騎士たちに甘えてしまって申し訳ないんだ。兄さんが留守の間、店を守りたいと言って、毎日来てくれるんだよね……だから、せめて食べられるものを出したいんだ」

「思ったんですけど、朝は、簡単な固定メニューでいいんじゃないでしょうか」

ミメットが深刻な顔をしているので、エリナは伸びをしながら笑顔で言った。

「朝ごはんは、あんまり難しいことを考えなくていいと思います。主食はパンで、おかずに卵料理と焼いたベーコンかソーセージ。あとは、簡単なサラダとスープを添えれば、立派な朝定食だにゃん……いえ、ですよ」

語尾に〝にゃん〟がついてしまったエリナは、慌てて口を押さえた。

（やだ、猫化してきてる！）

しかし、ルディの語尾が〝にゃん〟になったら大爆笑するであろうミメットも、可愛い子猫のエリナがにゃんと言おうと当たり前のこととして動じない。むしろ、エリナが心を許してきたのだと嬉しく思い、優しく微笑んだ。

「……そうだね、それならすぐに作れるようになるかも。ベーコンの焼き方は今朝見た通りだもんね」

ミメットの表情が明るくなった。

「なりますよ。ベーコンはまだ残ってますよね。それなら、明日も今日と同じ、ベーコンと目玉焼きにしましょう。で、その次の日は、ソーセージの焼き方とスクランブルエッグの作り方を教えます。サラダとスープは最初はわたしが作るから、メインのおかずを完全に覚えてからミメットさんに教えていきますね。簡単だと思いますよ」

「そう？　エリナ、頼りにしてるよー」

ミメットは、エリナを抱きしめた。そして、どさくさに紛れて、ふわふわした白い耳に頬ずりをした。

やわらかな子猫の耳は、猫族にとっても大変魅力的なのだ。

「大丈夫、基本さえ覚えればいろいろ作れるようになりますから。で、今夜の肉料理、なにからいこうかな……」

エリナは、食べごたえがあって作りやすい肉料理はなんだろう、と考えた。


「それではミメット姉さん。今夜はカツレツを作りたいと思います！」

「はい！」

「打ち合わせた通り、スープはわたしがちゃちゃっと作っちゃうので、姉さんはメインのカツレツを習得してください」

「はい、エリナ先生」

そう、エリナが選んだのは、豚のカツレツであった。

トンカツだと多量の油がいるので、料理初心者と小さな先生では危険があると思ったのだ。カツレツなら、少しの油でカリッと焼き上げることができる。

市場で豚肉を買ってきたエリナは、トンカツよりもやや薄めに肉を切ってから、ミメットに手順を説明した。

「まず、カツにかける玉ねぎとキノコのソースをお鍋で作っておきます。それから、カツに添える野菜を用意して、最後にカツを揚げ焼きにする。と、こんな感じで進めていきますね」

「カツは最後なのかい？」

「そうです。カツは焼き立てを食べたいから、お客さんが来てから作りたいんです。カツを焼くだけってところまで用意しておきます。ソースは鍋に作っておいて、添える野菜の方は冷蔵庫にしまって、お皿やフォークなどの食器も、しっかりと準備しておくつもりです」

というわけで、切ったトマトとちぎったレタスはボウルに入れて、冷蔵庫で冷やしておく。

「じゃあ、まずソースを作ります！」

この世界には、トンカツソースはないようなので、薄切りの玉ねぎとキノコをバターで炒め、熟したトマトを潰したものと一緒に煮込んで、岩塩と胡椒で味つけし、ソースの代わりにする。

エリナに監督されながら、ミメットは慣れた手つきで玉ねぎを切った。

まだお昼前なので時間はたっぷりある。エリナは作業の半分をやってみせ、残りをミメットにゆっくりやらせて覚えさせながら、のんびりと調理を進めていった。

「うわあ、このソースだけでも美味しそうじゃない」

玉ねぎとキノコがトマトソースでくつくつと煮込まれているのを見て、ミメットが言った。岩塩と胡椒に加えて刻んだニンニクも入っているから、香りもいいし味もいい。

「ここに薄切り肉を入れて煮込んだものをごはんにかけて、チーズをのせてオーブンで焼いても、パスタを茹でて絡めても、立派な一品になるんですよ。今日はボリュームを重視するから、カツレツに添えて使います」

「なるほどね。そうやって応用しながらレパートリーを増やしていけばいいんだね」

ミメットは、感心した。

「なんだかいい匂いがするな」

「ルディさん！」

仕事に行ったはずのルディが青弓亭に顔を出したので、エリナは驚いた。

ルディは、店内に漂うバターで炒めた玉ねぎや煮込まれたトマトの香りをくんくん嗅いでから「昼飯を作っているのか？」と尋ねた。

「晩ごはんの下ごしらえをしているんですよ」

「今から？　ずいぶん早いな」

「ある程度仕込んでおかないと、料理を早く出せないんです。今は数人しかお客さんが来なくても、これからはきっと増えるから」

胸を張る子猫を見て、ルディは微笑ましく思って笑った。

「そうだな。こんなにいい匂いがしていたら、今夜から客が増えるかもしれないぞ」

「えっ、それは想定外かも！」

エリナはミメットと顔を見合わせた。

「ううん……それじゃあミメット姉さん、今夜は限定十食ということにしましょうか」

「十人前か……」

「大丈夫。下準備をしっかりしておけば、ふたりで十食くらい余裕だと思いますよ」

エリナの言葉に、ミメットは頷いた。

「そうだね。いざとなったら、配膳は自分たちでやってもらおう」

「そうですね、セルフサービスのお店ってことでいきましょう」

野菜のソースを煮込み終わったので、エリナは冷蔵庫のベーコンを少しだけ細切りにし、玉ねぎとキャベツも細く切って一緒に炒め、薄切りのじゃがいもと牛乳を加えて簡単なミルクスープを作った。

「今夜のメインは野菜のソースが添えられるから、このスープとパンで大丈夫だと思いますが……ルディさん、どうしたんですか？」

狼の隊長は、ふんふんと匂いを嗅いでから「とてもいい匂いがするから、お腹が空いてしまった……」と、少し恥ずかしそうに言った。

「あはは、ルディさんって、意外とお茶目な狼さんなんですね」

エリナは、銀色の狼が大好きで仕方がないので、にこにこ笑った。

「もしも時間に余裕があるなら、これから試しにカツレツを作るから、お昼ごはん代わりに味見をしていきませんか？　ねえ、ミメット姉さん、いいでしょ？」

「もちろんさ。狼のルディを青弓亭の味見隊長に任命する！」

ルディは、アイスブルーの瞳をきらめかせてミメットに応えた。

「謹《つつし》んで拝命する！」

というわけで、ふっさふっさと銀の尻尾を振る狼の前で、エリナはカツレツを作ってみせることになった。

「ええと、ガーリックパウダーに、パプリカに、バジルに黒胡椒と岩塩。そしてドライパセリ。ギギリクさんがいいスパイスを集めてくれているから助かっちゃう」

エリナは、魔石がついている長期保存ボックスからスパイスを取り出して、混ぜ合わせると瓶に詰めた。

「多めに作っておきますね。ミメット姉さんは、わたしが言ったスパイスを紙に書いて、この瓶に貼っておいてください。そうすると、後でまた作る時に役に立ちますからね」

「了解！」

エリナはミメットに説明しながら、三枚の肉の脂身と赤身の間に包丁を入れる。

「こうすると、焼けた時に肉が縮まないんです。じゃあ、次は肉叩きで叩いてやわらかくしますね」

そして、下ごしらえの済んだ肉にスパイスをまぶして馴染ませている間に、硬くなったパンを砕いて作ったパン粉と、溶き卵を用意して、フライパンに油を入れる。

「まずは小麦粉をまぶして、卵にもぐらせて、パン粉をまぶします。これをたっぷりの油で揚げ焼きにしていくんです。大切なのは、油を熱くしすぎないこと。火が通る前に焦げちゃうと困りますからね」

「はーい、エリナ先生」

「このコンロは火力が強いみたいだから、炒め物や揚げ物の最後の仕上げ以外は、中火を使った方がよさそうですね……どうしたんですか、姉さん」

ミメットが手で額を押さえて「うーん」と唸っているので、エリナが尋ねた。

「いやあ、今までずっと、強火ばかり使ってたなあって思ってさ」

「……なるほどね」

（ミメット姉さんの敗因がわかった気がする……）

エリナは内心で呟いた。

じゅわっといい音を立てて、エリナはフライパンに肉を入れた。

「はい、姉さんも真似してやってみてください」

じゅわっ、じゅわっと残りの肉もフライパンに入り、やがて美味しそうなカツレツが出来上がった。エリナは両面がこんがりとキツネ色に焼き揚がったカツレツを新しく買ってきた木のまな板にのせて、包丁でサクサクと切った。

「このまな板は、今日は揚げ物を切るの専門にしましょうね。さあ、お皿に盛りつけますよー」

ミメットが真剣な目で見る前で、エリナはカツレツをサラダがよそってある皿にのせると、野菜のソースをさっとかけた。

「全体にかけると、カツのサクサク感がなくなっちゃうから、こうやって半分だけにかけてくださいね」

「わかった」

ミメットも、エリナの真似をして、残りのふた皿の盛りつけをした。

「これでいい?」

「うん、さすがは姉さん、のみ込みが早いですね!」

「えへへ、先生の教え方がうまいからだよ」

照れながらも、嬉しそうなミメットは皿をテーブルに運んだ。

エリナはスープ皿に先ほどのミルクスープを盛って、それはルディが運んだ。

「味見隊長だからな、俺も手伝うぞ」

「ルディさん、偉い偉い」

なぜか上から目線のエリナに褒められ、まるで飼い主にされるように頭をわしわしとモフられたルディは、怒るどころか激しく尻尾を振ってしまった。

その様子を見たミメットは「ルディ……あんた、そんな狼だったっけ? 鬼の警備隊長はどこ行った?」と首を傾げた。

「じゃあ、食べましょう。いただきます！」

「ありがたき糧を」

「ありがたき糧を。朝も言ってたけど、エリナの挨拶は〝いただきます〟なんだね」

「そうです。ありがたき糧を！」

エリナはふたりに合わせてそう言って手を合わせてから、フォークを持った。

「この野菜ソースを、カツレツに絡めて……」

「う、うまい！　なんだこれは、とてもうまいぞ！」

ルディが叫び、無言でカツレツを食べ始めた。

「うはっ、信じらんない、これを、あたしが、作っちゃったの？」

ミメットも、そう叫んだ後は、ひたすらガツガツと食べた。

「……ふたりとも、落ち着いてください。喉に詰まっちゃいます」

「だってねえ、あ、このスープも美味しいよ！　ミルクの風味で、煮崩れたじゃがいもとベーコンと……旨味が……」

ミメットは途中でしゃべるのをやめて、無言で食べるルディに仲間入りする。

エリナは、そんなふたりのがっつき方を見て目を丸くしたが、カツをかじると「うわあ、やっぱり揚げたてはサックサクで美味しいな！　この野菜ソースも、野菜の持つ甘みがよく出ていて、揚げ物にすごく合うし。野菜も肉も、味が濃くて美味しい……」と、幸せそうに口をもぐもぐさせるのであった。

「ごちそうさまでした！」

「エリナは天才！」

「異議なし！」

食後のご挨拶が変であったが、満腹になった三人は気にしなかった。

「あと二、三枚あってもよかったな」

「ルディさん、お腹がぽんぽこりんで、お仕事できなくなっちゃいますよ」

「そうか、それなら、夕飯の時にはカツを三枚にしてもらおうかな」

瞳をキラキラさせるルディに、エリナは「え、夜も食べるの？」とは聞けなかった。

ミメットは、なるほどと頷いた。

「仕事や訓練で体力を使う騎士には、肉が三枚でもいいかもしれないね。もちろん、パンも多めにつけるけど」

「そうだな。このミルクスープがあれば、パンも五、六個は食べられるぞ」

「そんなに⁉」

エリナは驚いたが、考えてみると、身体が大きく筋肉質な獣人は、きっと消費カロリーも多いのだ。

ちなみに、小さな子猫であるエリナも、ミメットやルディと同じ量のカツレツ定食を美味しくたいらげている。

「姉さん、今夜のお客さんはみんな警備隊の人なんですよね？」

エリナはミメットに確認した。

「ああ、おそらくそうなるね」

「それなら、カツレツが一枚の普通盛りと、三枚の大盛りとにしますか？　で、大盛りにはスープのお皿も大きくできるといいんですけど」

（警備隊の食欲をナメていたな。日本でいえば、育ち盛りの運動部男子高校生ってところなんだもんね。普通の一人前のカツレツ定食じゃあ、全然ボリュームが足りないよね）

ミメットは、豊かな胸をぽんと叩いて言った。

「大丈夫、大きなスープ皿もあるから、用意しておくよ」

エリナは、ルディに味見をしてもらってよかったと思った。店が忙しい時にお代わりを注文されると、まだ慣れないふたりには対応が難しいし、料理を気に入ってもらえたのに食べ足りないとあっては申し訳ない。

「それじゃあ、姉さんとする午後の仕事は、豚肉をもっと買い足すことと、ソースを作ること、スープを大鍋で煮ることですね。あとは……」

エリナはルディにとことこと近づくと、両手で首の後ろをモフり、頭を撫でた。

「味見隊長さん、貴重な意見をありがとう！　ルディさんがいなかったら、気がつかなくて、今夜の定食がポリューム不足になっちゃうところでした。よーしよしよし、ルディさんはいい狼ですね」

「そ……そうか、うん……俺でよければ、いつでも味見役を務めるからな、ふふん」

子猫のエリナにモフられて、気持ちよさそうに目を細めるルディの姿を見て、ミメットは唖然とする。そして「強面の警備隊長のこんな姿を、王都のみんなには絶対に見せないようにしなくちゃ……子猫に可愛がられてご機嫌な狼とか、怖すぎるわ」と頭を抱えたのであった。


さて、ルディ隊長が「保護した子猫の安全を確認するという任務は果たした！」と、まことしやかな言い訳をしながら仕事に戻っていったので、ミメットとエリナは再び買い物に行って、夕食の仕込みを開始した。

「ねえ、あんまり煮込むとじゃがいもが崩れて溶けちゃうけど、いいの？」

ミルクスープの入った鍋を覗き込むミメットに、エリナは言った。

「大丈夫ですよ。むしろ自然なとろみがついて美味しくなりますからね。ちなみに、じゃがいもと玉ねぎを炒めて牛乳でやわらかく煮込んで裏ごししたスープは〝じゃがいものポタージュ〟っていう立派な一品なんですよ。暑い時には冷やして飲んでも美味しいんです」

「へえ、なるほどね。夏には冷やすってのは、いい考えだね」

「高級感を出したかったら、具だくさんのものよりもポタージュスープかな？　でも今作っているこのスープは、食べごたえを出すために大きめに切った具をたくさんにしていて、スープというよりもおかず寄りなんですよね」

「うん、うちの食堂にはおかず寄りの方が合うね。同じ材料でも、目的に合わせた料理がいろいろできるもんなんだね。エリナは物知りですごいな」

「ありがとう、姉さん」

エリナはスープの味をみて「これでよし」と頷いた。

当初の限定十食よりも大量の食材が準備されて、これでお腹を空かせた騎士がやってきても大丈夫なはずだ。

「さあ、これで開店を待つばかりですね」

「そうだね。エリナはそこに座っておいで。あたしが美味しいお茶を淹れてやるからね」

エリナはミメットから小さな砂糖菓子をもらい、いい子で椅子に座ってこりこりといい音を立てて食べた。

「甘いにゃ……美味しいにゃ……」

ほどよく焦がした香ばしい砂糖菓子は、今まであまりお菓子が食べられなかったエリナにとってはご馳走だった。

口の中に広がる優しい甘さにほっこりして、嬉しくてにこにこしながら砂糖菓子を食べるエリナを、ミメットは優しい目で見守った。

「そうしていると、普通の小さな子猫なんだけどね。エリナは不思議な子だね」

子猫の手にもうひとつ砂糖菓子を握らせて、ミメットはエリナの頭を撫でた。

白い耳の子猫はむふんと笑ってゴロゴロと喉を鳴らした。

大盛況

「さあ、新青弓亭の開店だよ」

開店前の掃除を終え、せっかくだからとお揃いのエプロンを買って身につけたミメットとエリナは、猫耳をピンと立てて気合を入れた。

キジトラの耳と白い耳を立てて並ぶふたりの猫の姿は、とても可愛らしかった。とびきり可愛い子猫のエリナはもちろん、きっぷのいい若い娘猫のミメットも、なかなかの器量よしなのだ。

「姉さん、ちょっと緊張してきちゃったんですけど……」

「大丈夫だよ。今夜のお客さんはみんな身内だからね。それに……」

そこへ、開店前だというのに、ルディが早々とやってきた。

「準備はどうだ？　今夜はエリナの初仕事だからな、トラブルがないように俺が見張っていてやる」

「ほらね。ルディがいれば、大抵の問題は片付くのさ」

ミメットは、店の端に立って腕組みをし、きりっと前を睨んでいる狼隊長を見て、くすくす笑った。

「気のいいお兄さんたちに、ごはんを作ってやるっていうくらいの気持ちでいいんだよ」

「ん、わかりました」

エリナは頷きながらも、『ルディさんが顔を見せてくれるのは嬉しいし、心強いんだけど、こんなに頻繁にやってくるなんて、ちゃんと警備隊のお仕事をしてるんだろうか』と不思議に思うのだった。


開店と同時に、狐のサファンと虎のキーガスがやってきた。

「わあ、隊長ってばもう来てるの？　一番乗りだと思ったのになあ」

サファンは、立派な狐の尻尾を振った。

「エリナちゃんのごはんを食べるの、楽しみにして仕事してたよ」

「ありがとうございます、サファンさん」

エリナはぺこりとお辞儀をした。

「うんうん、エプロン姿がめちゃくちゃ可愛いね。お兄さんは感激だよ、いい子いい子」

その時、エリナとサファンとの間に銀の影が割り込んだ。

「余計なことはいいから、普通盛りか大盛りかを選べ！」

エリナの頭を撫でようと伸ばされたサファンの手は、素早く近づいてきたルディにガッチリと握られた。

「さあ、普通盛りと大盛り、どっちだ？」

「……隊長、俺の手を握りしめて迫ってこないでください」

狼に両手を握られながら、あと十センチというところまで顔を近づけられたサファンは、自慢の尻尾をピンと立てて恐怖で震わせた。

「うちのエリナに近づこうとするからだ。エリナ、お前はキッチンに入っていろ」

「はーい」

白い耳をぴこぴこさせながらいいお返事をして、エリナはキッチンに入った。

「サファンさん、今夜はカツレツ定食なんです。盛りはどっちのサイズにしますか？」

素早くルディの手を振り解き、後ろに飛び退いたサファンは、何事もなかったかのように爽やかな笑顔で返事をした。

「もっちろん、大盛りでね！　今朝のごはんも美味しかったし、仕事の後でお腹がぺこぺこだよ」

「……大盛り」

サファンと対照的にそうひと言呟いただけのキーガスも、サファンと共に手近な席に着いた。

「はいよ、カツレツ定食大盛り二丁だね！」

ミメットが返事をして、カツレツ用に処理してあった豚肉に小麦粉をつけ、卵液にくぐらせてからパン粉をまぶした。それを六枚作ると、ふたつ並んだフライパンに三枚ずつ入れて、油で揚げ焼きしていく。

大盛りをメニューに入れたので、揚げ物用にフライパンをひとつ増やしたのだ。これで一度に二人前のカツレツが揚げられる。

覚えのいいミメットが、危なげなくカツを揚げているのを確認したエリナは、お皿をふたつ並べて野菜を盛りつける。そして、そこにパンをふたつ添えた。

エリナがミルクスープをよそっていると、火は最後だけ強くするというエリナの教えを忠実に守ったミメットが、見事にカラッと揚がったカツを切って、皿にのせた。

そして、お客の隊員に声をかける。

「ごめん、今夜は手が足りないんだ。各自で持っていってもらえるかな」

さっそくセルフサービス方式だ。カウンターに置いた皿を、サファンとキーガスが「うわ、すごく美味しそう！」とわくわくした様子でテーブルに運んだ。

「なにこれ美味しーっ！」

すぐに口に入れたサファンは、ひと言そう叫ぶと、本当にお腹が空いていたらしく、あとはものも言わずにカツレツを食べた。

キーガスに至っては、まったくの無言である。だが、カツ、そしてミルクスープにつけたパンと、明らかに夢中になって食べている。

その様子を見て、エリナとミメットはほっとして顔を見合わせた。

ふたりが無言でカツレツ定食を食べていると、店の扉が開いて男性が三人入ってきた。

「おや、今夜は俺たちが来る日なのに、サファンとキーガスと、隊長まで？　……それになんだ、この美味しそうな匂いは？」

獣人は鼻がいいのだ。特に犬の獣人は、鼻をふんふんさせながら足早にキッチンへ向かおうとした。

「ギギリクが戻ったの？」

「違う」

「うわあ」

目の前に狼が現れたので、白黒のぶちの犬耳をした獣人はのけぞった。

「ルディ隊長、びっくりさせないでくださいよ！　でも、この匂いは明らかにミメットが料理したものではありませんよね？」

「いいから黙ってテーブルに着け。今夜のメニューはカツレツ定食で、大盛りと普通盛りが選べるがどっちだ？　マイク、速やかに返答せよ！」

仕事の口調で言われた犬のマイクは、その場で直立不動になって答えた。

「はっ、大盛りであります！」

「よろしい！　着席！」

「はっ！」

犬の騎士マイクは、敬礼をするとキビキビとした動作で席に着き、そして首を傾げた。

「あれ？　なんで隊長が注文を取っているんだ？」

隊長とマイクの姿を見て、空気の読める黒豹と熊の獣人は素早くマイクと同じテーブルに着いた。そして即座に注文をする。

「俺も、その定食を大盛りで頼む」

「俺も大盛りだ」

「はーい、定食大盛り三丁！」

ミメットが威勢よく注文を受けると、エリナと共に調理を開始した。

「これは、予想外に楽しみだな」

「あの茶色い食べ物は初めて見たけど、サファンとキーガスがあんなに食らいついているから、期待ができそうだ」

ガツガツと夢中で定食を食べる狐と虎を見た三人は、これは匂いだけでなく味もイケそうだと迷わずに大盛りを頼んだのだ。

「その後でいいから、俺も大盛りを頼む」

味見隊長のルディも、注文すると手近なテーブルに着いた。

彼が見張りの任務を終えて客になったところを見ると、どうやらこれで予定されていた今夜の客が全員来たらしい。

黒豹と熊は無口なようで、キッチンの中で働くふたりの様子を無言でうかがっている。おしゃべりな狐のサファンは食べるのに忙しいので、静かな店内は〝ムキムキ獣耳男《けもみみ》〟たちで奇妙な雰囲気だ。

「はい、お皿の用意はできてます」

「エリナ、この揚げ加減でいいかなあ」

「うん、ばっちりいい感じに揚がってます。なあんだ、ミメット姉さんは料理の才能があるじゃないですか」

「そうかな？　あはは、あんまり持ち上げないでよ」

サクサクサク、と揚げたてでちりちりいっているカツレツが切られ、皿に盛られて野菜のソースをさっとかけられた。エリナもミルクスープとパンの用意をする。

「はいよ、カツレツ定食大盛り二丁、あがったよ。悪いけど今日からこの店は自分で配膳してもらうことになったからね。エリナ、なんだっけ？」

「セルフサービスですよ」

「そう、そのセルフサービスなんだ。その代わり、エリナに料理を教えてもらって、毎日美味しいものを出せるようにするからさ」

ミメットの言葉に、犬のマイクと黒豹のヴォラット、熊のアルデルンも頷いた。

「美味しいごはんを作ってもらえるなら、配膳を自分でやるのは全然かまわないよ」

「ああ」

犬のマイクと黒豹のヴォラットが立ち上がり、自分のカツレツ定食をテーブルへ運ぶ。

「アルデルンとルディ隊長のもすぐに作るから、待っててね」

「待っているのはかまわんが……これはまた、なんともうまそうな食い物だな」

アルデルンは、揚げたて熱々のカツレツを見て、唾をのみ込んだ。

「悪いが、できるだけ早く頼む。見てるだけで腹がぎゅるぎゅると文句を言ってきてかなわない」

熊は唸るように言った。

もちろん、ミメットたちも仕事上がりの男がどれだけ空腹かは心得ているので、「アルデルンのお腹、ごめんよ！」とテキパキと調理をして、もうすでにカツは油の中でじゅわじゅわと揚がっている。

「悪いけどお先に……うわあっ、なんだこれうまい、ヤバい、うはっ」

犬はわっふわっふ言いながら熱々のカツレツにかじりつき、「うめぇええええええ！」と叫んだ。

「……ミメットが作った、んだよな？」

熊は、ちぎれんばかりに尻尾を振り大騒ぎしながら食べるマイクと、普段はクールなイケメンなのに、皿を抱え込んで、周りを威嚇するようにカツレツ定食に夢中になっている黒豹のヴォラットを見て驚いた。

先に定食を食べ終わったサファンが言った。

「そうだよ。新しく青弓亭で働くことになった猫のエリナが師匠になって、ミメットに料理の指導をしてんの。あー、美味しかったな！」

その言葉を聞いて、エリナは慌てた。

「サファンさんったら、師匠なんて、そんな大それたものじゃあないですよ。あ、そろそろ揚がりますすね」

「よし、最後だけ強火、っと」

火の調節をしてカラッと仕上げたカツレツを、ミメットは切って盛りつける。

「はい、お待ちどおさま！　カツレツ定食二丁あがり！」

「料理が出てくるのも早くて、手際がいい……こ、子猫、だと？」

「お待ちどおさまですー」

カウンターに近づいた熊のアルデルンは、料理の師匠のエリナが小さく可愛い子猫であることに気づき、驚いた。

「ええと……」

ただでさえ皆に恐れられがちな身体の大きな熊男は、まだ小さなエリナにどう話しかければいいのかと悩む。

「大盛りのミルクスープです。熱々だから、火傷《やけど》しないでくださいね」

白くてふわふわした耳の子猫ににっこり笑われた熊は、その反応に動揺した。そんなアルデルンに、ルディが厳しい声をかける。

「その子は俺が保護している子猫だ」

「隊長が、保護、ですか？」

「そうだ」

意味ありげにギロリと睨まれたアルデルンは、ルディに問いかけた。

「隊長……嫁にしては若すぎませんか？」

「嫁ではない！　繰り返す、嫁ではない！」

ルディは自分の皿をさっさと運ぶと、立ちつくす熊に「熱いうちに食え」と料理を指さした。


当然ながら、警備隊の騎士たちは皆、定食を完食した。

「青弓亭で、こんなにうまいものが食べられるとは……」

感激屋の犬のマイクは、目をこすりながら言った。

「これならば、遥か遠くの地にいるギギリクも……さぞかし喜ぶだろう……雲の間で微笑むギギリクの姿が目に浮かんでくるよ……」

「ちょっとマイク！　うちの兄さんはまだ死んじゃいないよ、縁起でもないことを言わないで！」

「あ、ごめん。つい」

どうやらマイクは、うっかり屋のお調子者のようだ。

「ねえミメット姉さん」

洗った食器を拭きながら、エリナはミメットに相談する。

「普通盛りの定食がまだ六人前作れるだけの材料があるんですけど、どうしましょうか」

「え、それならお代わりを……」

「ごめんなさいね熊さん、お代わりはちょっと待ってください」

「お、おう」

可愛い子猫に小首を傾げられた熊は、つられてにへっと笑いそうになった。その表情があまりに獰猛《どうもう》だったので、警備隊員たちは「その顔はやめろ！」と叫んだ。

「この青弓亭の料理を宣伝するために、できれば王都の人たちにも食べてもらいたいんです。味を知ってもらわないと、お客さんが呼べないから」

「まあ、そうだね」

ミメットは頷くと、店の扉を開けて外に出た。エリナも続いて、その隣にちょこんと立った。

「えっと……青弓亭だよー」

ミメットの客引きぶりに、エリナはこけっとこけた。その肩を、いつのまにか後ろに忍び寄っていた銀狼のルディが支える。

「ミメット姉さん、それは皆さんがわかってることですから」

「あは、そっか」

頭をかくミメットの隣で、エリナが鈴を転がすような声で道行く人に呼びかける。

「青弓亭の今夜の特別料理は、限定六食のカツレツ定食です。美味しいミルクスープとパンもついているお得なセットで、あと六食で売り切れです。早い者勝ちですので、六名様どうぞいらっしゃいませー！」

見慣れない子猫が通る声で呼び込むのを聞いて、人々は「おや、なんだあの子猫は」と足を止めた。

「青弓亭って、今はギギリクが留守だったよな」

そう言う男はミメットの料理の腕を知っているらしく、残念そうな表情でその場を立ち去ろうとする。

「今夜は美味しい、揚げたてのカツレツですよー、サックサクですよー、お肉の旨味がじゅわっと染み出すカツレツに、じゃがいものとろけたミルクスープはいかがですか？」

「……うまそうに聞こえるけどなぁ」

「いや、うまそうではなくてうまいぞ」

ルディが言った。

「俺は昼に味見をして、さらに夜にも食べたが、正直言って明日も食べたいくらいうまかった。もし誰も食べないのなら、もっと食べられるから、客は来なくても……」

「ちょっと、店からいい匂いがするんだけど！」

ルディの説明の途中で、犬族の女性が鼻をくんくんさせて近づいてきた。

「ねえ、あたし、ここの料理を食べていきたいな」

「よしよし、じゃあ入ってみるか」

カップルが入店した。

「昼間っからいい匂いがしてたまんなかったんだよねー、俺の店は閉めたから、食わせてくれよ」

そう言いながら、期待に満ちた顔で隣の雑貨屋の若い主人が入った。

「あと三名様で終わりでーす」

「いや、もうあとは俺たちで食べても……」

狼隊長が食べる気満々なのを見た、通りかかった若い男性が言った。

「お、俺も食ってみたい！　どうかな？」

「うん、わたしも食べたいわ」

「ねえ、みんなで食べてみましょうよ」

ということで、三人連れが入った。

「はい、これで終了です」

「あ……」

「またのお越しをお待ちしていますね」

子猫に扉を閉められて、カツレツを食べ損なった男は「さっさと入っておけばよかったよ……」と肩を落としたのであった。

過保護な狼

カツレツ定食は、もちろん一般の客にも好評だった。

本当はお代わりが食べたかったルディだが、さすがに大人なのでその気持ちはぐっとこらえて、忙しいふたりに代わって料理を運んだものだから、客たちは「警備隊長が、ウェイターをやっている⁉」と驚いた。

「今日から青弓亭で働く小さな料理人は、俺が後ろ盾となっているんだ」

なぜか得意げに胸を張るルディの後ろで、小さな子猫が白い耳をピクピクさせて「エリナと言います、よろしくお願いしまーす」と手を振った。

「隊長さん、あんな小さな子猫を働かせているんですか？」

犬族の若いお嬢さんが、少し強い口調で言った。犬族の女性は母性本能が強いのだ。

しかし、ルディは怯まない。

「彼女は小さいが、見た目よりもしっかりした猫で、おまけにとても腕のいい料理人なんだ。さあ、出来立てのカツレツ定食を食べてみてくれ。エリナの指導のもとで腕を上げたミメットが作った料理だぞ」

ふたつのフライパンで、同時に六枚のカツレツが揚げられるので、六人の客の前には同時に出来立ての定食が並んでいた。

「とても美味しそうだわ」

客たちは「ありがたき糧を」と食前の挨拶をしてから、カツレツ定食を食べ始め、一斉に目をみはったその後は、皆無口になってひたすら食べ続けたのであった。

「とても美味しい料理だったわ！」

「まさかこんなにもうまいものが食べられるとは思わなかった。思いきって店に入ってよかったよ」

「本当だわ。ミメット、エリナ、素晴らしい料理をありがとうね」

客たちに絶賛されて、エリナとミメットは安心した。

親切心で食べる騎士たちだと少々点が甘くなる可能性がある。しかし、美味しいものを求めて自分のお金を出した客なら、その評価はシビアなはずだ。

「可愛い子猫ちゃんが作ったと思うと、余計に美味しくなっちゃったよね」

「ねー」

……シビアな、はずだ。

「ありがとうございましたー」

口々に「また食べに来るよ」と言う客たちを見送って、エリナとミメットはほっと肩の力を抜いた。

「よかったあ、喜んでもらえましたね！」

「うん！　エリナ、みんなあんたのおかげだよ、ありがとう」

「ううん、ミメット姉さんががんばって、作り方を覚えてくれたからですよ。姉さんにはお料理の才能がちゃんとあるんですよ」

「エリナーッ、あんたってなんていい子なの！」

エリナを抱き上げたミメットは感動して肩まで猫化したので、ふわふわの猫に頬ずりされたエリナは「ふおおっ、なんという天国！」と子猫にしては少しおっさんくさい声で鼻息を荒くしながら、キジトラの猫を存分にモフったのであった。


「お疲れさまー、エリナ、明日も来てね！　絶対に来てね！」

「お仕事ですから、もちろんちゃんと来ますよ」

後片付けはミメットの得意技だったのであっという間に終わり、今夜は店じまいすることになった。

エリナはミメットに「それじゃあ、また明日お願いしまーす」と手を振った。

「俺、明日も食べに来たいなあ」

美味しいものが食べられてご機嫌の狐のサファンは、豊かな尻尾をふっさふっさと振りながら呟いた。他の隊員たちも「あ、俺も食べに来たい！」「そう言うなら俺もだな」などと口々に言う。

「順番を守れ。他の隊員も、青弓亭を見守っていた仲間なのだからな」

「はい、隊長。でも、代わってもらうのはアリでしょ？」

「……サファン、ズルは……駄目だ」

虎が真面目に注意する。

「キーガスだって食べたいだろう？」

「それは……食べたい」

「だろ！　明日はなにが出るのかなって考えたら、絶対に食べに来たいだろ？」

「ぐむむ……絶対に来たい……立派な虎としてズルをするわけには……だが、食べたい……」

虎は、真剣に悩みだした。

どうやら明日は、誰が〝青弓亭当番〟になるかで揉めそうである。

(全員来ても大丈夫なようにしてあげたいな。こんなに喜んでもらえるんだもん)

エリナは心の中で思った。

警備隊の騎士たちが満足して帰路についたので、安心したエリナはルディに抱き上げられて帰っていった。

「あれ？　ルディさん、わたし歩けますよ？」

自然に手で狼の首をモフモフッとかいてしまいながら、エリナは言った。

「下ろしてください」

「いや、夜道は迷子になりやすいから駄目だ」

エリナは『過保護じゃないかな』と思ったが、小さなエリナがちょこちょこ歩くより、背の高い狼隊長の長い脚で歩いた方が進むスピードが断然速いので、おとなしく抱っこされていくことにした。

「あ、月が見える！　わあ、黄色い月と青い月とふたつある！」

この世界は、地球とは天体が違っているようだ。

ルディも空を見上げて美しく輝く月を見た。

「そうだな。一の月も二の月も満月で、明るい夜だな。こんな夜は、妖精の祝福があると言われている」

「そうなんですね」

優しいルディに抱き上げられながら、エリナはふたつの月に向かって『祝福をありがとう、親切な妖精さんたち』と心の中で感謝の祈りを捧げた。

「あれ？　ルディさん、どこに行くんですか？」

二階建ての家に入ったルディが、昨日とは違う部屋にエリナを連れていくので、不思議に思った。

ルディの家は、裕福な商人や貴族に縁続きの者たちが住む、とても治安のいい場所に建てられていた。ひとり暮らしなのに部屋の数はたくさんあるし、数人の通いの家政婦に掃除や洗濯もすべて任せてあるためピカピカだ。

「二階の使っていない部屋を、片付けさせたんだ」

エリナを抱き上げたまま、ルディが部屋の扉を開けて「今日からここがお前の部屋だ」と言った。

「わあ、素敵な部屋ができてる！」

窓にはカーテンが下がり、ベッドと家具が置かれていた。どれも新品で、女性が喜びそうな優美なデザインのものばかり。閉めきられていた部屋にはしっかりと風が通されて、可愛らしいが落ち着いたインテリアの、暮らしやすそうな部屋に仕上がっていた。

「気に入ったか？　そら、タンスに今日買った服をしまうといい」

エリナを下ろしたルディは、青弓亭から持ってきた袋を渡した。

「もっとたくさん買ってよかったんだぞ」

「これで充分ですよ。ルディさん、ありがとうございます」

エリナはぴょこんとお辞儀をすると、さっそくタンスに服をしまった。

「他に要り用なものがあったら、ミメットと一緒に買ってきていいぞ。俺には女の子に必要なものがわからないからな。遠慮はするなよ」

「ありがとう、ルディさん。お給料が出たら返しますからね」

「いや、その必要はない」

ルディは、一人前の猫らしくきりっとした顔で自分を見上げるエリナの頭を撫でた。

「俺がお前の後ろ盾になると言っただろう？　気にせずに甘えろ。そして、いつかお前が大人になった時に、困っている子どもに親切にしてやれ」

（きゃあ、ルディさんたら言うことまでがイケメンだ！）

エリナは真面目で優しい狼隊長にときめいてしまう。

「……はい。それでは、遠慮なく甘えさせていただきます」

猫耳をピクピク動かし、ちょっとはにかみながら言うエリナの姿がとても可愛かったので、ルディは思わず身悶《みもだ》えそうになった。が、そこは警備隊長としての威厳でもってなんとかこらえた。

「よ、よし。あと、一階に浴室があるからな。必要なら寝る前にシャワーを浴びろ。湯船も掃除してあるから、湯を張れば入れる」

「えっ、シャワーとお風呂があるなんてすごいです！」

行水ができればありがたいくらいだと思っていたエリナは、驚いた。

この国は欧米に気候が似ていて、日本のように湿度が高くない。そのため、庶民は普段は行水程度で済ませて、週に一度の公衆浴場でしっかりと身体を洗う生活をしているらしい。

ルディは身体を使う仕事をしているため、汗をかくことが多い。そのため、シャワー付きの風呂をよく使うのだ。

「ああ、魔石を使ってお湯が出るが、エリナは風呂にある魔石の使い方がわかるか？」

「教えてもらえば大丈夫です！　たぶん！」

魔導コンロを使いこなしたエリナは元気よく言った。

「……なんなら、慣れるまでは俺が身体を洗ってやるが。一緒に入るか？」

これは、まったく下心がなく親切心からの申し出だった。

しかし、途端にエリナに「いやあああん、ルディさんのえっち！」と真っ赤な顔で言われてしまい、気の毒な狼隊長は「ちっ、違う、俺は、全然そういう意味では……」とあたふたしながら後ずさりをしてエリナの部屋から出ていったのであった。

「やだもう、ルディさんったら乙女に向かってなんてことを……」

着替えを手にしたエリナは、素敵な彫刻のついたドレッサーの鏡を見て言葉を途切らせた。

そこに映っているのは、まだ幼い猫耳の女の子である。当然胸などまったくのぺったんこで、ミメットと比べたら色気のいの字もない。

「そうだ、わたしは乙女……じゃなくて、今はちびっこだったんだっけ。これじゃあ、一緒にお風呂に入っても、変な気持ちになんてなりっこないよ。あー、わたしったら！」

ルディに対して理不尽なことを言ってしまったと、彼女は反省した。同時に、自分が子どもであることを意識して行動する必要があることを改めて感じた。

「中身は二十一歳でも、この世界ではまだ小さな子どもなんだ。前世の記憶があることや、本当の名前を知られると、困ったことが起きそうだから気をつけなくちゃ」

特に、フォーチュナから「フェアリナという真名は、信頼できる人にしか知らせてはならない」と伝えられている。

幸運をたくさん持ってこの世界に転生したが、運の無駄遣いはしないでなるべく平穏に暮らしていこうと、エリナは鏡に向かって頷くのであった。

「でも、やっぱり二十一の乙女として、いくら狼とはいえ、大人の男性とお風呂に入るわけには……ん？　狼ならいいのかな？」


さて、エリナから軽く変態扱いをされて退散したルディであるが。

「……困ったな。あんな小さな女の子は、どう扱えばよいのかわからない」

すっかり〝娘への接し方に悩むお父さん〟状態になっていた。

「まだ赤ん坊に近いくせに、一人前なことを言うし、かといって警戒心が強いわけでもないし。だいたい、俺に懐く獣人だなんて、前代未聞だぞ」

いや、全然赤ん坊には近くないが。

ルディの肩から上は、人化しても恐ろしい狼の姿のままだし、完全に狼の姿をとると、小動物ならその場で足がすくんでブルブル震え出すほどの迫力があるのだ。彼に「わあい」などと言って抱きつき、大喜びで頬ずりをしてモフる者など今までいなかった。

彼は一瞬、迷子の子猫の世話を面倒見のいいミメットに任せてしまおうかとも考えたが、ルディはエリナに対して本能的に引っかかるものを感じていた。そのため、近くに置いて見張っておいた方がよいと判断し、すでに王都の役所に正式にエリナの後見人になることを申し出ているのだ。

そして、家具屋に急ぎのオーダーを出して、家政婦にエリナの部屋を急遽整えさせた。頭の回る彼は、巣を作ってしまえばそこから動きたくなるという、獣人の本能を利用しようと考えたのだ。

「現れ方が普通じゃなかったし、あの子猫はなにか秘密を隠している。それがどのようなものなのかがわかるまでは、観察している必要がある」

〝新米お父さん〟のように、微妙なお年頃の不思議な女の子の面倒を見るのは、王都の警備隊長であり、スカイヴェン国の高潔な騎士であり、そして……カルディフェン・ラーダ・スカイヴェンという、王家に属する者としての彼の仕事であった。

「ルディさーん、シャワーの使い方を教えてください」

ルディがキッチンで水を飲んでいると、着替えを持ったエリナがとことこ近づいてきてから、首を傾げて言った。

「それと、さっきは変なことを言ってごめんなさい。考えてみたら、ルディさんは狼だから一緒にシャワーを浴びてもかまわなかったんですよね。むしろわたしがルディさんの身体をシャンプーしてあげてもいいかなって思うんです」

その途端、常に沈着冷静な狼隊長は、盛大に水を噴き出し、げほげほとむせた。

「お、ぐほっ、おい、待て」

エリナはかまわずに続けた。

「でもね、そのままだと大きくて洗いにくいから、また狼の姿に戻ってほしいんです。そうしたら、わたしが綺麗に洗って乾かして、艶が出るまでブラッシングしてあげますから」

「なっ、いや、それは、それは駄目だな！」

「駄目じゃないですよ、わたし、狼を洗うのはとても上手なんですから、本当に！」

（さすがに狼は洗ったことないけどね。でも、犬のシャンプーは得意だもん）

狼をグルーミングするなどということは、トリマーにとっては夢のまた夢のような出来事なので、エリナは期待して瞳をキラキラさせた。

「お世話になっているんですから、身体くらい洗わせてください！」

一方、銀狼はエリナの言葉に動揺して、全身の毛並みを逆立てていた。

「いや、しかし、エリナはさっき、自分のことを乙女だと言ったではないか！」

「わたしは乙女ですよ。でも、狼のお世話をするのはいいと思うんです」

エリナはむふん、と得意そうに胸を張った。

「わたしにルディさんのお世話をさせてください。そうしたら、世界一素敵な狼にしてあげますから。ルディさんはわたしのためにいろいろしてくれたんだもん、なにかお返しをしたいんです」

「そうか、だが、きっ、気持ちだけありがたく受け取っておく」

「いいえ、それではわたしの気がすみません」

「気にするな、そうだ、お礼がしたいなら美味しいお茶を淹れてもらいたいと俺は思うんだ。だから、今日は、いや、これからもずっと、お互いに自分で自分の身体を洗うことにしよう。あと、俺は人化してからシャワーを浴びる習慣があるからな、うん。そういうことだ」

「えー」と不満そうなエリナに、ルディは「さあ、魔石の操作法を伝えるぞ」と重々しく言い、シャワーの使い方を教えたのであった。


「それじゃあ、おやすみなさい」

「ああ、おやすみ」

家政婦が魔導冷蔵庫に置いていったミルクを温めてエリナに飲ませてから（「小さな子猫には、たっぷりのミルクをおやつに与えるものですよ」と、昼間やってきた気のいい家政婦に注意されたのだ）、ふたりは二階にある別々の部屋に入った。

「……ふう」

小さな女の子の世話に慣れていないルディは、ほっと息をついた。

しかし、部屋の明かりを消してベッドに入ろうとした時、ドアがノックされた。

「ルディさん」

「どうした？」

ドアを開けると、枕を抱えた子猫が寒そうに立っていた。

「部屋の明かりが消えないんです」

ルディは困り顔をする子猫を抱き上げて、部屋に連れていった。

「明かりのスイッチは、入り口のことと、ベッドのサイドテーブルのここ。この魔石を使うんだ」

「はい、わかりました」

子猫をベッドに入れて、肩口が冷えないように布団でよくくるんでから、ルディは電気を消した。

「あ」

「今度はどうした？」

「ううん、真っ暗だから……カーテンを開けて寝てもいいですか？」

ルディがカーテンを開けると、ふたつの月の光が優しく射し込んだ。

「いつもひとりで寝ていたから、なにかあった時に安全に避難できるように、小さな灯りを点けていたんです」

「そうか」

「いざという時に、自分の力で逃げないといけないから。真っ暗だと逃げられなくて、地震や火事があった時に死んじゃったりするかもしれないから」

真面目な顔で説明するエリナを見て、ルディの胸がきゅっと締めつけられた。

「……エリナはひとりぼっちだったんだな」

「でも今は大丈夫、ルディさんがいますから。なにかあったら助けに来てくれますよね？」

「当たり前だ。俺はお前の面倒を見ると決めたんだからな。なにがあっても助けてやるぞ」

子猫から信頼感に溢れる瞳で見つめられたルディは狼の姿に変わり、肉球でエリナの頬をぽふぽふと叩いた。

彼女は安心して、嬉しそうに笑った。

「寝るまでここにいてやるから、安心して眠れ」

「はい。おやすみなさい……あの」

「なんだ？」

「手を、握ってもいいですか？」

ルディはベッドに飛び乗ると、毛に覆われた前脚をエリナの手にそっと置いた。

「ありがとうございます」

エリナは狼の手を両手で握り、自分の頬に押しつけて「あったかい」と呟いた。

あの夜、くたくたに疲れきってトラックにはねられたエリナは、妖精の計らいで別の人生を歩むことになり、まったく知らない世界にひとりでやってきた。

しかもここは、獣人が住むという、日本とはまったく違う世界だ。

だが今は、不安などない。

優しくて強い狼のルディが隣にいてくれる。

ふわふわした彼の手を握っていると、『もうひとりじゃないんだ……』という安心感に満たされて、エリナは幸せな気持ちで眠りに落ちていった。


そして、翌朝。

「ど、どうしてこうなったんだ？」

ルディは、モフッとした毛に顔をくっつけて、自分にしがみついて幸せそうな顔で眠るエリナを見て呟いた。

「くっ、この俺が、女の子のベッドで熟睡してしまったとは……不覚！」

「ん……モフモフ天国……」

「ぬ、抜けられないっ」

エリナに抱きしめられたルディは、ベッドの上でもがいたが、やがて諦めて全身の力を抜いた。

「この子猫は絶対に只者ではないな！」

モフモフを堪能できる世界に生まれ変わりたいというエリナの願いは、フォーチュナの手で順調に叶えられていたのであった。

珍しい調味料

「ルディさんがいてくれたおかげで、あったかくてよく眠れました。ありがとうございました。寒いから、一緒にいてくれたんですか？」

「……覚えて……いないのか。まあ、よく眠れたのならよかったな」

内心の動揺を隠しながら、人化したルディは「着替えたら、洗面室で顔を洗え。青弓亭に出かけるぞ」と言って、ベッドの脇に落ちていた下着を履いた。

人化といっても、肩から上は狼のままだし、身体もすべて毛に覆われているから、幸いなことに怪しい全裸の男には見えない。

(眠りに落ちるまで手を握ってやろうとしたのが間違いだったな。寝ぼけたエリナに首の後ろを気持ちよく撫でられて、記憶が飛んでしまった……うむ、エリナはやはり、只者ではない)

狼の勘は正しかった。

エリナのゴッドハンドに抗えるモフモフなどいないのだ。


身支度をしたふたりは、青弓亭に向かった。

例のごとく、エリナはルディに抱っこされている。子猫がちょこちょこ歩くよりも、ルディの長い脚にお任せした方がスピードが出るし、朝から賑わう王都の街で迷子になることもない。

エリナはもうひとりで歩くことは諦めて、キョロキョロと並ぶ店を眺めている。

(どこかに、日本風の調味料を売っている店はないかな)

パンがあるのだから、酵母を使って発酵食品が作られていてもおかしくないはずだ。

日本人であるエリナは、当然ながら味噌《みそ》や醤油《しょうゆ》を使った料理が得意だし、米飯にも慣れている。パンもパスタも美味しく食べているが、やはりごはんが一番好きなのだ。

(コシヒカリなんて贅沢を言わないから、白いごはんが食べたいな。ううん、絶対に食べられるはず。だって、わたしはたくさんの幸運と一緒にここに来たんだもん。生きていく上で大切な〝食〟で、好物が食べられないなんていう事態になったら、〝運命の輪〟の名がすたりますものね、フォーチュナさん?)

心の中で、そっと妖精にプレッシャーをかけるエリナであった。


「ミメット姉さん、おはようございます」

「ミメット、今日もエリナが世話になる……え?」

扉を開けてそう言ったふたりは、そのまま口をぽかんと開けた。

「わあ、ルディさん、今朝はお客さんがいっぱいなんですね……」

狼にしがみついたエリナが笑顔で言った。

「ううむ……なぜ……順番はどうなった……」

店内には、きちんと制服を着た警備隊のメンバーが、朝食がいつできてもいいように、すでにテーブルに着いていたのだ。

「隊長、おはようございます！」

「わあ、エリナちゃん、今日も可愛いねえ、さあ、狐のお兄さんだよ、こっちにおいで。朝の抱っこをしてあげる」

両手を広げてエリナを受け取ろうとしたサファンの尻尾を、虎のキーガスが掴んで引っ張り戻した。

「……子猫に変態行為をすることは……同じ猫族の俺が許さん……」

「ひっど！　キーガス、俺をそんな風に見ていたの？」

サファンが抗議したが、店内からは「俺にも変態っぽく見えたが」「うん、俺にも見えちゃったし。サファンは立派な狐の変態さんだね。あ、褒めてないよ？」「ああ、俺も同じ猫族として言わせてもらうが、幼い猫に対してそのような振る舞いはやめてもらいたい」と、サファンに追い打ちをかける声があがった。

ちなみに発言したのは、熊のアルデルン、犬のマイク、そして黒豹のヴォラットの順である。

どうやら今朝は警備隊の精鋭が勢揃いしてしまったようだ。

「ミメット、三名という約束のはずなのにすまない。八人前を作るのが難しかったら、隊員を帰らせるが」

「大丈夫、材料はなんとかなるし、ちょっとした下ごしらえはもう済ませておいたんだ。エリナ、ここからは頼むよ」

エリナはルディの腕から下りると、ちょこちょことキッチンに入った。

すると、そこにはすでに皿が八枚並んでいて、切ったトマトときゅうりが盛りつけられていた。まな板の上には、スープに使う野菜が細く刻まれている。

「ミメット姉さん、これは」

「昨日のエリナの手順を思い出してやってみたんだけど、どうかな？」

「すごいです、やっぱり姉さんは料理の才能がありますね！　ここまで準備してくれたら、あとは早いです。それじゃあ、サラダにかけるドレッシングから作りましょう」

エリナはミメットとお揃いのエプロンをつけると、手を洗ってフレンチドレッシングの作り方を説明しながら、ボウルに調味料を入れた。

「酢、油、塩、少しの砂糖と胡椒。これが基本のドレッシングなんですけど、今日は風味づけにおろしたニンニクと砕いたチーズを入れますね」

それから、鍋で簡単な野菜スープを作り、すでに昨日と同じ厚さにスライスされてあったベーコンを、薄く油をひいたフライパンに並べる。

「さあ、次は姉さんが焼いてみてください」

「わかったよ」

ミメットは、焦がさずにベーコンの表面をこんがりと美味しそうに焼いて、皿に盛りつけていった。

その間に、エリナは卵をボウルに割り、塩と胡椒を振ってミルクを加えた。

「姉さんが優秀だから、今日はスクランブルエッグにしますね。作り方を見て覚えてください」

エリナは、ベーコンを焼き終えたフライパンに卵液を流して、木のフォークでくるくると混ぜながら半熟に仕上げた。

「あまり固くならないように、早めに火を止めるのがコツです」

そして、出来上がったスクランブルエッグを皿に盛ると、籠に入ったパンや、野菜スープと一緒に、騎士たちがテーブルへと運んだ。

「それじゃあ、みんなでいただきましょうね。ええと、ありがたき糧を！」

「ありがたき糧を！」

エリナの声に合わせて、皆も唱和し、出来立ての美味しい朝ごはんを楽しんだのであった。

満足した騎士たちを仕事に送り出すと、ミメットは言った。

「今夜のメニューはどうする？」

「うーん、ボリュームがあって美味しくて、簡単にできる肉料理を考えているんですけど……」

エリナは首をこてんと倒すと「お醬油が欲しいなあ」と呟いた。

「お醬油っていうのは、わたしの国ではどの家庭にもある調味料なんです。スカイヴェン国にもあるといいんですけど」

「オショーユ、だね。それなら、他国の珍しい調味料や食材を扱っている店があるから、そこに行ってみようよ」

というわけで、エリナとミメットは市場へと出かけたのだが。

「うわあああああ、お醬油とお味噌と、おまけにお米までちゃんと売ってるなんて！」

エリナは目の中にハートを浮かべて感激した。

「よかった、これならできますよ、美味しい豚の生姜《しょうが》焼きが！　ついでにほかほかごはんも炊けちゃうかな？　あ、こっ、これは、かつおぶしとだし昆布？　やったー、お味噌汁も作っちゃおう！」

エリナはその場でぴょんぴょん跳ねて喜びながら『さすがはフォーチュナさん、全部わかってるのね！　ありがとうございます！』と、心の中で妖精にお礼を言った。

エリナとミメットは、日本ではお馴染みの調味料を数種類と米、そして豚肉とキャベツとトマトを買った。

さらに「さすがにお豆腐は無理だったかな」と言いながら、豚汁の材料にするための大根とにんじんとキノコも見つけた。

玉ねぎとじゃがいもは在庫があるので、これらの野菜とキノコを煮込んだ汁に豚肉の端っこを入れて豚汁を作るつもりなのだ。

「初めてのものがたくさんあるけど……どんな食べ物なんだろう」

ミメットは、醤油も味噌も食べたことがない。味の見当がつかない調味料を見て、少し不安を感じているようだ。

「あ、でも、エリナのことを信頼してないわけじゃないんだよ」

ミメットは、あわあわしながらエリナに言った。

「大丈夫、わかってます。姉さんには馴染みがないから、どんな料理になるか想像もつかないですよね。だから、まずはお昼に作って一緒に試食しましょう。それで、万一口に合わなかったら、スカイヴェン国にもありそうな他の料理を考えるから大丈夫です。材料がこれだけあるんだもん。でもね……」

エリナは、声をひそめた。

「もしも口に合ったら、これを青弓亭だけで食べられる名物料理にしたいんです。他の食堂と同じことをしていたら、お客さんは呼べないし……ミメット姉さんのお兄さんが帰ってきた時に、あっと言わせたいと思いませんか？」

「それは、おもしろそうな話だけど」

ミメットは、エリナの顔をまじまじと見た。

「あんたって、虫も殺さぬような可愛らしい子猫のくせに、結構闘志があるよね。小さくても猫は猫だねえ」

というわけで、青弓亭に戻ってきたエリナは、まずはかつおぶしを削って出汁《だし》を取るところから始めた。

最初は「この木片はなにに使うの？」と不思議そうな顔をしていたミメットだが、そこはさすがに猫である。渡されたかつおぶしの匂いを嗅ぐと、「こっ、これは⁉」と瞳をキラリと輝かせた。

そして、そんなミメットにナイフを持たせたら、かつおぶしを素晴らしい速さで削ってみせたので、削り器は無用だった。

「すみません、ちょっとこの出汁を飲んでみてくれますか？」

かつおぶしで取った出汁にほんの少しだけ塩を入れると、エリナはミメットに味見をさせた。

「ふわあっ、なにこの優しい旨味は？」

ミメットは、尻尾をふわっとさせて言った。

「よかった、この味をわかってもらえて。今回は豚汁を作るから、お出汁はかつおぶしだけを使うんですけど、ここに昆布を加えるとさらに旨味が増して、美味しいおつゆになるんですよ」

「へぇえ、異国風の料理だけど、これは間違いなく美味しいものができそうだね」

安心したエリナは、まずは少しの材料で豚汁を四人前だけ作った。

「スカイヴェン国の豚肉は、とても美味しいですね。ベーコンの端っこを野菜スープに入れればブイヨンいらずの美味しいスープになるし、豚肉の端の切り落としを豚汁に入れると、濃い旨味が出るし。料理しがいがあります」

嬉しくてにこにこしながら、エリナは手際よく料理をしていく。

「さて。豚の生姜焼きは、この万能タレがあれば簡単なんですよ」

醤油とみりんと酒を合わせて煮立てて、余分なアルコールを飛ばしてから瓶に詰めた。ミメットは、買ってきたノートに材料と手順をメモしていく。

「ミメット姉さん、これを保存庫に入れておけばいつまでも腐らないんですよね？」

「うん、魔石の魔力で時間が止まるからね」

ものすごく便利な効果だな、とエリナは思った。

ただ、この保存庫はあまり大きなサイズでは作れないらしく、ギギリクの集めたスパイスと万能タレの瓶を入れたらもういっぱいだ。

「次からは冷蔵庫保存にして早めに使い切ればいいと思います。いろんな料理に応用できるから、すぐになくなると思うんですよ」

エリナは、薄く切った豚肉に万能タレとおろした生姜を絡めた。

「味が馴染んだら、フライパンで焼いて出来上がりです。千切りのキャベツとトマトを添えて、さっぱり仕上げようかな。本当は炊きたてのごはんを添えたいところなんですけど、それはまた後のお楽しみにしましょうね」

「炊きたてのごはん、ね。きっと美味しいものなんだろうなあ……」

「はい、すっごく美味しいんですよ！」

エリナは『ごはんが炊けたら、おにぎりや炒飯なんかも作れるし、楽しみだなぁ』とにこにこした。

今回はごはんの代わりにパンを添えることにして、あとは豚肉を焼くばかり、という時に。

「エリナ、首尾はどうだ？」

店の扉が開き、我らが〝味見隊長〟が颯爽と登場した。

銀狼のルディは、王都の平和を守る警備隊の、尊敬されているが少し近寄りがたい強面の銀狼隊長なのに、エリナが絡むとなぜか残念な方向に進んでしまう。

艶々した毛並みのイケメン狼は、いかにも〝重要な任務を遂行中である〟という風情で店内に入ってくると、くんくんと辺りの匂いを嗅いだ。

「なんだろう、このいい匂いは。今まで嗅いだことがないが、なんとも食欲をそそる」

店内に漂う出汁の香りは、ルディのお気に召したようだ。

「ルディさん、これは今日のお昼ごはんの豚汁の匂いなんです。お仕事の方が大丈夫なら、味見をしていってくださいね」

エリナの言葉に、ルディは力強く頷いた。

「ああ、もちろん大丈夫だ。今日も味見隊長としての任務をしっかりと果たさせてもらうぞ」

きりっとした顔で胸を張る狼を、エリナはモフりたくてたまらなかったが、そこは大人としてぐっとこらえた。

ついでに、『警備隊のお仕事はいつしてるのかな？』という疑問も心の中にしまったのであった。


「こ、これは……」

ルディとエリナ、ミメットは、同じテーブルを囲んでいた。

三人の目の前には、パンが盛られた籠と、豚肉の生姜焼きに千切りキャベツと櫛形のトマトを添えたもの、そして具だくさんの豚汁が並べられている。

「今日は、お醤油とお味噌を使った料理なんです。スカイヴェン国ではあまり一般的じゃない味だから、ミメット姉さんとルディさんに食べてもらって、お客さんに受け入れてもらえるかどうかを判断したいんですけど」

「エリナ、あんたって本当にしっかりした子猫だねえ」

「それだけ、苦労して生きてきたということなのだな」

「……そうなんだね……」

「ちょっと待ってくださいね」

エリナは、しんみりした雰囲気を吹き飛ばそうとした。

「まずは、熱いうちに料理の味見をお願いします！」

「お、おう」

「じゃあ、エリナ風の味を食べてみようよ」

いつものように「ありがたき糧を」と食前の挨拶をしてから、三人は昼食を食べた。

「うわあ、美味しいよ！　これが醤油っていう調味料の味つけなんだね。ものすごく深みがあるし、塩辛いだけではない、この独特な風味が豚肉に合うね」

ミメットは、初めての生姜焼きに舌鼓《したつづみ》を打った。どうやら醤油を使った味つけは彼女の口に合ったらしい。

「よかったです。お肉がこってりしているから、キャベツの千切りが美味しいでしょう？」

「うん、口がさっぱりしていいね。肉、野菜、肉、野菜ってなって止まらないね」

ミメットは生姜焼きとキャベツのハーモニーに夢中だ。

「……すまん、俺にはうまいとしか言えない！」

そう言って、ガツガツと肉を食べるのはルディだ。味見隊長であるが、感想は言葉よりも食べっぷりを見てほしい、ということであろう。

「うん、いいよ、この醤油味っていいと思うよ。これはこれから青弓亭で積極的に使っていきたいな」

ミメットの言葉に、エリナはほっと胸を撫で下ろした。

「ああ、よかった。……うーん、やっぱりお肉の味が抜群にいいですよね！　生姜の風味で豚肉のコクが引き立てられて、めちゃくちゃ美味しいです」

作った本人のエリナも、夢中になって食べている。

（ああ、毎日美味しいものがお腹いっぱいに食べられるし、一緒にごはんを食べられる人もいるし、この世界に来て本当に幸せだなぁ……）

いい笑顔で、もきゅもきゅと喜んでごはんを食べるエリナの姿に、生姜焼きに夢中なはずのルディとミメットが『か、可愛すぎる……』と萌えていることに、当のエリナは気づいていなかった。

「やっぱりほかほかごはんが欲しくなっちゃうな。あ、豚汁の味はどうかな？」

エリナは、スープ碗に手を伸ばした。

「……うん、いい感じに出汁が効いてる」

野菜たっぷりの豚汁には、もちろん味噌が使われている。エリナにはお馴染みの美味しさなのだが、スカイヴェン国の人にはこの発酵調味料が口に合うのだろうか？

「見た目が不思議なスープだな」

「茶色い豆からできた〝味噌〟で味つけしてあるんだって」

ミメットが恐る恐る口をつけて、汁を飲む。

「うわ、うまい！　じゃなくて美味しい！」

男の子のように叫んでしまったミメットが、慌てて言い直した。

「なんだろう、すごく身体があったまって優しい気持ちになる味だよ」

ルディも、くんくん匂いを嗅いでから豚汁を飲んだ。

「……これはまた……」

言葉を途中で切ると、ルディは熱い豚汁を夢中で食べた。

「ルディさん、火傷しないでくださいね」

心配になったエリナが思わず声をかけるほど、ルディは豚汁が気に入ったようだ。

「不思議なスープだが、ひどくうまかった。この茶色いスープと溶けかけのじゃがいもが絡み合って、最後の最後まで美味しく食べられたし、野菜の甘みがあって心和む味だった。なくなってしまって、少々寂しい気持ちになるほどだ」

「ルディさん、そんなに気に入ったんですか？」

「ああ、これは最高のスープだ」

「お代わりがあるんですけど、よかったら食べますか？」

「おう！　食べるぞ！」

狼の両耳がピンと立ち、喜びのあまりふさふさの尾が激しく左右に振られたので、エリナはくすくす笑った。

「さすがエリナだね。だから多めに作っていたんだ」

ミメットが感心したように言った。

「一杯だと男性には足りないかなって思ったんです」

スープ碗にもう一杯豚汁を入れてもらったルディは、「このスープは毎日食べても飽きないぞ」と言って、お代わりを平らげたのであった。


そして、三人は食後の会議を行った。

「昨日のカツレツもうまかったが、今日の生姜焼きと豚汁は今まで食べたことのないうまさだった」

「そうですね。カツレツは洋食だから、スカイヴェンでもありそうな味ですよね」

エリナは頷いた。

「ふたりの食べっぷりを見たところ、醤油も味噌もスカイヴェンの人の口に合いそうです。それじゃあ、今夜のメニューは生姜焼きと豚汁ということでいいですか？」

「そうだね、いいと思うよ。それに、カツレツよりも簡単に作れるから、今夜は量も多く出せると思う」

ミメットの言葉に、エリナも同意した。

「豚汁はあらかじめ大鍋に煮ておけばいいし、生姜焼きは肉を漬け込んでおけば、あとは焼くだけですもんね」

「そうしたら、警備隊の者だけでなく、一般の客にも振る舞えるな。獣人は鼻がいいから、匂いにつられて客が押しかけてくるんじゃないのか」

ルディの言葉に、エリナとミメットは顔を見合わせた。

「うちの店は、二十人も入ればいっぱいだからね。すべて同じ料理なら、あたしとエリナで余裕で作れるね」

「そうですね。それなら、今夜は四十食でいってみましょうか」

ということで、今夜の青弓亭のメニューは限定四十食の生姜焼き定食に決定した。

大盛況にもほどがある⁉

そして、夜の営業が始まる時間となった。

やはり一番にルディがやってきて、その後に昨夜のメンバーが勢揃いしたところまでは想定内だったのだが。

「いらっしゃいませ！」

「いらっしゃいませ！　すみません、席が空くのをお待ちください」

なんと、一般の客であっという間に席が埋まってしまったのだ。

「ミメット姉さん、お店の外に行列ができちゃいましたよ」

エリナがひょいと顔を出せば「あっ、子猫だ」と言われ、続いてその上にルディが顔を出せば「わあ、隊長だ！」と言われる。

「エリナ、俺が外に出て整理する。人が集まりすぎだ」

「お願いします」

エリナはキッチンに戻ると、ミメットに「なにか書くものはありませんか？」と尋ねて木片をもらった。

「なにをするんだい？」

「四十食分の食券を作るんです」

もうすでに、肉を焼いてのせれば出来上がるように皿が用意してあるので、ミメットが生姜焼きを作り始めた。

そして、エリナは木片に一から四十までの番号を書くと、まずは店内の客に来た順に配った。

「ルディさん、この札の数だけ生姜焼きが作れます」

狼隊長は、エリナの言うことをすぐに理解し、札を受け取ると外に並んでいる客に配り始めた。

「今夜の青弓亭特製定食は、豚の生姜焼きと豚汁だ。限定四十食だから、来た順にこの札を配る。札が行き届かない者は、諦めてくれ」

エリナが機転を利かせて発行した食券は正解だった。札の分だけ料理があるということで、料理を食べ損なったことが早くわかった客たちは、納得して青弓亭から去り、他の店へと夕飯を取りに行ってくれたのだ。

日本と違って行儀よく列を作って待つ習慣のないスカイヴェン国の者たちだ。並んだ挙げ句、「はい、ここまでです」などと言われたら、日本人の十倍は気を悪くしてしまうだろう。

しかし、王都では顔の知れた警備隊長が食券を配り、「今夜は以上だ！　速やかに解散！」と高らかに宣言したとあっては、ごねる者などいない。

「あら、隊長さん、もう売り切れちゃったのかしら？　残念だわ、昨日とても美味しかったから、今夜も食べたかったのに」

唯一解散に軽く抗議したのは、昨夜カツレツ定食を食べた犬族の若い女性だ。

「可愛い子猫の料理人さんによろしくね、また寄らせてもらうわ」

「そうか。エリナに伝えておこう」

「あと、これもよろしく。あの子にあげてちょうだい」

優しそうな女性は、小さな紙袋に入った焼き菓子をルディに預けると、手を振って人混みに消えた。


生姜焼き定食もスカイヴェン国の者たちの口に合ったようで、とても評判がよかった。そこで、ミメットとエリナはしばらくはカツレツ定食と生姜焼き定食の日替わりでやっていくことにした。

生姜焼きの日には、主食は白いごはんだ。ごはんが大好きなエリナは、厚手の鍋で大量の米を美味しく炊けるようになっていた。

鍋の底にできる香ばしいおこげも、最初は「変な色をしているな？」と不安げな顔をしていた客たちの心をしっかりと掴み、今では「俺はおこげ入りで」「俺にも入れてくれよ」と取り合いなのだ。

「しばらくはこのメニューに集中して、提供する数を増やした方がいいんじゃないかなって思うんです」

「あたしもそう思うよ」

ミメットも、腕を組んで頷いた。

「予想以上に評判がよくて、店を開けた途端に食券が終わってしまうからね。警備隊員は一日二名限りにしてもらったけど、それでも売れ行きがよすぎるよ。もともとは兄さんが戻るまでの繋ぎの営業のつもりだったけど、お客さんからこんなに要望があってはがんばらないわけにはいかないね」

「はい。せっかく足を運んでもらったのに、お断りするのは申し訳ないですし」

ということで、人を雇っての業務拡張はしたくないので、ふたりの猫が力を合わせて定食を提供していくことになった。

とにかく料理を優先するため、配膳は完全にセルフサービスだ。そして、毎日ルディが顔を出して、料理を食べたくて仕方がない客がトラブルを起こさないようにと目を光らせている。

毎日最低二名の警備隊員が通ってくるのだから、トラブルを起こそうなどと誰も思わないのだが、子猫の面倒を見るという使命感に溢れた狼隊長は、断固としてこの仕事を辞めようとしなかった。

まあ、エリナの作った美味しいまかないが食べられる、というのも魅力であったようだが。

そうして、料理人となったエリナは仕事にも慣れて、順調に日々を過ごしていた。

エリナは幼女の姿で転移してしまったので、しっかりしているようだが七歳程度だと思われている。そのため、まだひとりで町を歩かせてもらえない。

ミメットもルディも「こんなに可愛い子猫ちゃんがいたら、うっかり自分のうちに連れて帰りたくなっちゃうよ！　危ないから出歩いちゃ駄目だよ」「お前はまだ小さすぎる。さあ、来い」と言ってくるし、相手がルディだと下手をすると抱き上げられてしまい、本当に歩かせてもくれないのである。

しかし、中身が二十一歳で、他人に頼りきることに不安を感じるエリナは、このままでは駄目だと思い、近いうちになんとか〝初めてのお使い〟をさせてもらって少しでも自立を進めていきたいと考えていた。

「ミメット姉さん、店の表の掃き掃除をしてきますね」

「そんなことはあたしがやるよ。エリナはここに座ってお菓子でも食べておいで」

エリナはお菓子の誘惑をぐっとこらえて言った。

「姉さんは、料理の仕込みの方をお願いします。この辺りの人たちとはみんな知り合いになったし、お店の前からは動きませんから。ね？」

「……本当に、出歩いたりしないでね」

「はい」

こうして、よい子のお返事をしたエリナは、ほうきとちりとりを持って店の前を掃除した。

白い猫耳をぴこぴこ動かしながら、ご機嫌になってにゃんにゃんと鼻唄を歌う子猫のお掃除姿は、見た者の心を和ませた。

「もしもし、子猫のお嬢さん」

「にゃん！　じゃなくて、はい！」

鼻唄の途中で急に高齢の男性に話しかけられたエリナは、驚いて飛び上がった。

（やだ、わたしったら、無意識のうちににゃんにゃんって鳴いていたの？）

彼女は自分が猫化していることに気づいて軽くショックを受けた。

ほうきを握る手をふるふると震わせているエリナを見て、老人は自分が子猫を脅かしてしまったのだと勘違いしてしまった。

「おお、驚かせてすまんかったのう。大丈夫じゃ、わしは怪しい者ではないのじゃ、いや、本当に」

目をまん丸にしてほうきを握りしめるエリナをなだめるように、老人はおろおろしながら言った。

「お前さんは、わしの孫が保護している子猫じゃろう？　ほら、この耳を見るとよい。わしの孫は狼のルディなんじゃ」

「……狼のおじいさん……」

どこか品のある老紳士の白髪頭についた狼の耳を見せられ、エリナは謎の老人の正体がわかってほっとした。

「ルディのおじいちゃんなんですね」

「ふぉっ」

可愛い子猫におじいちゃんと呼ばれた老人は、紳士らしからぬ妙な声を出してから頬を赤く染めた。

「そ、そうなんじゃ。わしはおじいちゃんなんじゃ。そうじゃな、〝ギルおじいちゃん〟とでも呼んでもらおうかな、うむ」

「……ギルおじいちゃん?」

「むふぉおっ、よいな、実によい!」

エリナにおじいちゃん呼びをされて、狼の精悍な目尻は今や下がりきり、孫娘にメロメロなおじいちゃんそのものになってしまっている。

「失礼いたしました」

エリナはほうきを置くと、両手をきちんと前で揃えて丁寧にお辞儀をした。

「わたしの名前はエリナと申します。寄る辺なく困っていたところを、親切なルディさんに保護していただき、おかげさまでつつがなく王都で生活させていただいております」

「ほ、ほう」

「ありがたいことに若輩《じゃくはい》の身にもかかわらずこの通り、仕事にもつかせていただきました。まだ完全に独立するのは心許ないのですが、なるべく早くルディさんのもとから……」

「いやいやいやいや、お待ちなされ、小さなお嬢さん」

ギルおじいちゃんこと、ルディの祖父であるギルバートは、両手と尻尾を激しく振りながら言った。

「なるほど、話に聞いた通りのしっかりしたお嬢さんだが、そのように慌てずともよい」

「え？」

エリナはこてんと首を傾げた。

「いやだから、独立などということは、まだ、全然、まったく、考えなくてよい。お嬢さんのような幼い子猫がひとりで暮らすのはいろいろと問題なので、今のようにルディにしっかりと守られていてくれた方がよいのじゃ」

「……皆さんにはご迷惑をおかけしてしまい、申し訳ありません」

「全然迷惑などではないから、頭を上げておくれ！　なんだか子猫をいじめる大罪人になった気になってしまうでな」

道ゆく人の視線を感じ、ギルバートはおろおろして言った。

「それではエリナよ、わしはこれで失礼する。仕事の邪魔をしてすまなかったのう。孫の養い子の顔を見たかっただけなのじゃ。ほれ、これはエリナへの土産であるぞ、休憩の時に食べるがよい」

ギルバートは、持っていた包みをエリナに手渡して去ろうとした。

「待ってください、ギルおじいちゃん！」

「ふぉっ、なんじゃ？」

ギルバートは、腰砕けになりそうなのをなんとかこらえ、にやけた顔で振り向いた。

「よかったら、お昼ごはんにわたしのお料理を召し上がっていただけませんか？　この青弓亭ではお肉の料理を出しているんです。今日はカツレツの日なので……」

「うむ、カツレツというのが評判だということは耳にしておるぞ。しかしな……」

ギルバートは、寂しげに言った。

「実はな、わしは歯の方もかなり耄碌《もうろく》してしまってな。残念だが、若い狼のようにぶ厚い肉を食いちぎることはもうできんのじゃよ。お嬢さんの作る肉料理は、肉汁が滴って、それはそれは美味しいと聞いておるのじゃが……わしがもっと若ければのう。うむ、残念無念じゃ」

「ギルおじいちゃん……」

気力に満ちて矍鑠《かくしゃく》としているように見えるが、やはりギルバートは高齢なのだ。肉体の衰えは止めることができない。

「おじいちゃんは、歯が……」

（そうか、歯が強そうな狼の獣人でも、歳をとると肉を噛みきれなくなっちゃうんだ）

エリナは、目の前の優しそうな老人の食事風景を想像して切なくなった。

「おお、よいよい、そのような顔をしなくてよいのだ」

泣きそうな子猫の頭を、ギルバートの皺だらけの手が撫でた。

「大丈夫じゃよ、わしは若い頃に肉は食べ尽くしたからな。お嬢さんは、元気な孫たちにうまいものをたくさん食べさせてやっておくれ」

「おじいちゃん……」

ギルバートは「そのうち、わしのところに遊びに来ておくれな」と言って、エリナと別れた。

その背中を、エリナは呼び止めた。

「ギルおじいちゃん！」

「うむ？」

「明日のお昼に青弓亭に来てもらえませんか？」

「明日？」

「はい。ギルおじいちゃんにご馳走したい肉料理があるんです。お待ちしています」

「……そうか、お嬢さんがわしにご馳走してくれるのか。楽しみにしておるぞ」

この国で老人でも食べられる肉料理といえば、牛肉や豚肉をやわらかく煮込んだものである。

ギルバートは、エリナが心を込めて作ってくれるのだから、実は苦手な煮込み料理でもありがたく食べようと考えて、「それでは、明日の昼に寄らせてもらおう」と頷いた。

「ミメット姉さん、あのね！」

いつもは幼い外見にそぐわないくらいに落ち着いたエリナが、ほうきを片手に店に飛び込んできたので、仕込みをしていたミメットは驚いた。

「エリナ、なんかあったのかい？　その袋は？」

エリナの手には、ギルバートにもらった焼き菓子の袋がしっかりと握られていた。

「これは、親切なおじいちゃんがくれたお菓子です」

「親切そうな見知らぬ男……まさか、人攫いに遭いそうになったのかい⁉」

「違います、違いま、わあっ、姉さん落ち着いて！」

ミメットがどこからか取り出した剣を片手に外に飛び出そうとしたので、エリナは慌てて止めた。

「人攫いじゃなくて、ルディのおじいちゃんが来てくれたんです」

「おじいちゃんって……警備隊長の、あのルディのおじいちゃん？」

振り返ったミメットは、口をぽかんと開けた。

「隊長のって……そんな、まさか」

「ギルおじいちゃんって言ってました。わたしの顔を見に来たって言って、このお菓子をお土産にくれたんですよ」

エリナが袋を開けてミメットに見せた。

その匂いをくんくんと嗅いだミメットは、額に手を当てて「うわ、最上級のバターの匂いがするよ……こんな高級なお菓子を持ってくるとは、本物だね、こりゃあ参ったな」と呟いた。

「それでですね、姉さん」

エリナの話を聞いたミメットは、今度は椅子に座り込んで、「うわあ、そうなんだ、ギルバート様が明日のお昼に、この青弓亭に来ちゃうんだね、あは、あははは」と力なく笑ったのであった。

おじいちゃんのためのハンバーグ

　そして、翌日。エリナとミメットは、いつものように朝食の提供を終えると、市場に行って牛肉を買い込んできた。

「今日のお昼は、ハンバーグを作ってみます」

「ハンバーグ？　聞いたことがないが、どんな料理なんだ？」

「エリナの新しい料理だね、それは楽しみだよ！　で、材料は？　やっぱり肉？」

　瞳をキラキラさせながら問い返したのは、狼隊長のルディとミメットだ。

　昨日エリナから、ギルバートが青弓亭までエリナの顔を見に来たという話を聞いたルディは
「あのじいさん、伴《とも》も連れずに王都にひょこひょこ顔を出して、いったいなにをやっているんだ。少し厳しく意見しなければ」と頭を抱えた。しかし、エリナが「うわあ、このお菓子、すごく美味しいです！」と瞳にハートマークを浮かべて、お土産にもらった焼き菓子を笑顔でもきもき食べる姿を見て「……まあ、許すか」とあっさりと掌《てのひら》を返した。

　そして、ギルバートが来るなら警備隊長として見過ごすわけにはいかない。さらに味見隊長として新しい料理の味見をしなければいけないと言って、王都の平和は部下に任せて青弓亭にやってきたのだ。

まさか、ギルバートがとんでもない付き添いと一緒に食事をしに来るとも知らずに。

「はい、美味しくて食べやすい肉料理です。それじゃあ、まずこのお肉の塊を薄く切ってからみじん切りにしたいんですけれど……」

スカイヴェン国では挽肉を食べる習慣がないので、肉をミンチにする道具もない。なので、挽肉を作るところから始めなくてはならないのだ。

「念のために、五人分のハンバーグを作りたいんですけど、肉を細かく切るのだけでもかなり大変だと……え？」

「このひとつだけでいいのかい？」

ものすごい勢いで肉を薄切りにしていくミメットの姿を見て、エリナは目をみはった。

「ミ、ミメット姉さん……」

彼女は人間業とは思えない猛スピードで、あっさりと肉の塊を薄切りにしてしまったのだ。

そして、切った肉をささっと整えると今度は端から細く切り、やがてすべてを見事な牛挽肉に変えてしまった。

「そら、こんなもんでいいかい？」

「ばっちりです、最高の挽肉です……姉さん、すごすぎます」

予想外のことに仰天して、エリナは口を開けたまま、挽肉とミメットの顔に視線を往復させた。

「さすがはミメットだ。片手剣の扱いも群を抜いているが、包丁さばきも見事だな」

「あはっ、ルディ隊長に褒められると照れるね」

キジトラ猫のミメットは、てへっと笑って可愛らしく舌を出したが、状況をのみ込めないエリナは頭の中をクエスチョンマークでいっぱいにした。

「片手剣って、ミメット姉さんは剣を使えるんですか？」

するとミメットはふふんと胸を張って言った。

「こう見えてもね、あたしは冒険者ギルドに登録している中堅の剣士なのさ」

「剣士？　姉さんが？」

「ああ。スカイヴェン国には、簡単なお使いから魔物退治や護衛まで、なんでも請け負って報酬を得る冒険者がいて、彼らが所属する組織が冒険者ギルドというんだ。ミメットは若い女性だが、そのへんの冒険者ではとても太刀打ちできないほどの使い手なんだ」

腕を組んだルディも、太鼓判を押した。

「今はこの青弓亭をやっていくために一時的に休業しているんだけど、基本的な訓練は続けているんだよ。ま、そんなわけで、刃物を使って切るのは得意なんだけどね。焼く方がどうにもコツがわからなくてさ。でも、エリナが丁寧に教えてくれたから、あたしにもまともに料理ができるようになったんだよ。ありがとうね」

食堂の看板娘にしては荒っぽい口をきくミメットは、実は腕っ節の強い冒険者だった。そして、その才能の現れなのか、塊肉をミンチに変えるのは彼女にとっては朝飯前だったのだ。

「知らなかったです、姉さんカッコいい！」

エリナが感動して言うと、キラキラした子猫の目で見つめられたミメットは赤くなった。

「あははは、ありがとう。エリナの身はこのミメット姉さんが守るからね、安心しておきな！で、この細かくなった肉はどうしたらいいんだい？」

「あ、そうでした」

ミメットに大きなボウルに牛挽肉を入れてもらいながら、エリナは説明した。

「それでは、ハンバーグの作り方をしっかりと教えることにしますね。姉さんの腕があるなら、ハンバーグも食堂で出せそうな気がします。まずは玉ねぎのみじん切りをお願いしていいですか？」

「任せときな！」

威勢のいい返事をすると、ミメットは素晴らしい包丁さばきで大きな玉ねぎをみじん切りにしてみせた。

「さて、そのハンバーグとやらはどうやって作るんだい？　こんなに細かくした肉を使う料理なんて、あんまり聞かないけど」

「そうなんですね。ハンバーグの主な材料は、挽肉、玉ねぎを炒めたもの、卵、そして牛乳につけてふやかしたパン粉です」

「パン粉っていうのはカツレツに使うあれだね」

ミメットが出したパン粉に、エリナはしっとりとするくらいに牛乳を注いだ。

「パン粉がふやけて馴染むのを待ちながら、玉ねぎを飴色に炒めていきます」

フライパンに油を熱して、エリナは大量の玉ねぎをミメットに投入してもらった。

「焦がさないように気をつけながらしっかりと炒めて、玉ねぎの甘みを出します。そうすると、カサがかなり減りますよ」

「あたしにやらせて」

「はい、お願いします」

ミメットは根気よく玉ねぎを炒め、やがてフライパンにはこんがりと香ばしい炒め玉ねぎが出来上がった。

エリナは飴色玉ねぎを皿にあけて、粗熱を取った。

「これらの材料と、調味料を肉に混ぜていきます。塩、胡椒、肉の臭みを消すナツメグ、そして香りづけの隠し味にすり下ろしたニンニクを加えます。今回は牛肉ですが、豚肉を混ぜても美味しくできますよ」

ミメットが肉をしっかりとこねている間に、エリナはソース作りに取りかかった。

「今回は牛肉の旨味を生かすために、シンプルな玉ねぎとキノコの醤油ソースにしますね」

エリナは薄切りの玉ねぎとキノコを数種類、フライパンに入れて炒めると、醤油と砂糖少々で味を整え、ハンバーグソースを作った。

「ずいぶんとうまそうな匂いのするソースだな」

ルディが、出来上がったソースの匂いを嗅いで言った。エリナは『待ちきれないんだな』とおかしくなった。

「はい。お醤油ベースなので、白いごはんによく合うんですよ」

「白いごはんか！　それは楽しみだな」

激しく尻尾を振りながらルディが言うと、ミメットも「そうだね。エリナのおかげで、あたしもすっかりごはん好きになっちゃったよ」と嬉しそうな顔をした。

「姉さん、たねに粘りが出たら、次は丸めましょう。わたしの分は小さめに作りますが、あとの四つは同じくらいの大きさにしてくださいね」

エリナは「こうすることで中の空気が抜けます」と言って、ハンバーグだねを手に取り丸めると、両手の間でキャッチボールをするように叩きつけた。その様子を、興味深げにミメットが見守り、手順を頭に入れている。

ミメットは残りのたねを四つに分けると、ひとつ分を手に取りエリナの真似をした。

「おもしろい作り方をするんだね」

「空気が入っていると、焼いている途中で割れちゃうんです」

「ふうん、そうなんだ」

ミメットは「料理って奥が深くておもしろいね」と言いながら、エリナの真似をしてハンバーグだねの空気を抜いた。

「そうして、充分に空気を抜いたら、このように丸めて真ん中を凹ませるように潰し、形を作ります」

「なんで凹ませるんだい？」

「焼くと真ん中が膨らむから、凹ませないとコロコロしちゃうんですよ。あと、均一に火を通すためでもあります」

「ふうん、そういうのが料理のコツなんだろうな」

ミメットは感心したように言って、エリナの言う通りにハンバーグを形作り、「上手ですね！」と褒められて喉をゴロゴロ鳴らした。

こうしてエリナの指導のもとで出来上がった生のハンバーグは、お皿に並べて冷蔵庫に入れられた。

「お客さんが来てからこれをフライパンで焼きます。出来立てを提供しましょうね」

「そうだね。どんな味の料理になるか楽しみだよ」

ミメットの言葉に、ルディも「楽しみだ」とうんうんと頷き、それから今日の客のことを思い出して眉根を寄せた。

それからエリナは、厚手の鍋でごはんを炊き、野菜と卵の入った簡単なスープと、付け合わせの千切りキャベツや櫛形切りのトマトを用意した。

すっかりランチの準備が整ってひと息ついていると、ギルバートがやってきた。

「ギルおじいちゃん、いらっしゃいませ」

「ふおっ、エリナよ、エプロン姿がなんとも可愛いのう」

出迎えたエリナを見るなり相好を崩したのは、もはや〝孫娘にメロメロ状態〟のギルバートだ。

「うむ、よいものが見られて満足じゃ」

ギルバートがエリナの頭を撫でていると、背後から声がかかった。

「祖父殿、満足してないで早く入ってください、後ろがつかえてますから」

若い男性の声を聞いたルディは顔を引きつらせた。

「おい、まさか」

そして、ギルバートの後ろから入ってきた人物の顔を見て、「ああ……」と奇妙な表情になった。

「兄上、お久しぶりです。お元気そうでなによりです」

笑顔で挨拶をしたのは、金髪にアイスブルーの瞳をした見目麗しき若者だった。その頭には、狼の耳がついている。シンプルな白いシャツに、さりげなく刺繍《ししゅう》が施された上着姿の若者には、ギルバートと同じような気品がある。

(兄上？　ということは、ルディさんの弟さん？　なんだか〝お坊っちゃま〟っぽい雰囲気の人だな。それに……ルディさんとは違って耳だけなんだ……)

エリナは、彼が狼の顔をしていないので、少しがっかりした。イケメンよりもモフモフを求めるところが、モフモフスキーとしての正しい在り方なのだ。

大きな袋を持った若者を見て、ルディは「お久しぶりです、じゃないだろう。フラン、なんでお前まで来たんだ？　もしやなにかを企んでいるのか？」と真顔で言った。

「ひどいなあ、可愛い弟が兄上の家に顔を見に来ただけなのに」

フランと呼ばれた若者は爽やかに笑ったが、ルディはますます嫌そうな表情になる。

「ここは食堂であって、俺の家ではない。はっきり言って迷惑だ」

「そんなひどいことを言わないでよ、祖父殿がかわいそうでしょ？　それに、祖父殿が来るとなったら、兄上も絶対にいるだろうから、家に遊びに行くのと同じだと思うよ」

非常に整った顔の若者がにっこりと笑うと、まるで光を放つようだった。

「ふぉっ、ふぉっ、こやつはちょうどよい荷物待ちになるのでな、同行を許したのじゃ。我が孫よ、老い先短い爺《じい》にそのような意地悪を言うものでないぞ、かわいそうじゃろうが」

「……かわいそうという言葉が世界一似合っていませんよ」

「ふぉっ、ふぉっ、ふぉっ」

エリナは、ルディの尻尾が少しだけ左右に振られているのを見て、『本当は仲良しの家族なんだな、羨ましいな』と思った。

「お嬢さん、改めてこんにちは。荷物持ちです」

笑顔で自己紹介（?）をするフラン青年を、エリナはじっと見た。

（うわあ、すごいイケメン！　サファンさんもヴォラットさんも、アイドル並みのイケメンだけど、この人は……ハリウッドスターレベルの美形さんだなぁ……）

そして、来客たちを見た途端にその場で固まっていたミメットは、「荷物持ち……フランセス殿下が荷物持ち……で、青弓亭でお昼ごはん……」とこわばった顔で呟いた。

「で、この子が噂の子猫ちゃんですね」

「そうじゃ、可愛いじゃろう。さあエリナよ、今日も美味しい菓子を見繕ってきたぞ。たんと食べて大きくなるがよい」

ギルバートは、フランセスが持っていた袋を取り上げると、口を開けてエリナに見せた。袋の中を覗き込んだエリナは「うわあ、すごい！」と歓声をあげた。

「おやつがこんなにいっぱいある！　ギルおじいちゃん、ありがとうございます」

「おお、エリナはきちんとお礼が言えるよい子じゃのう、よしよし」

お礼を言っただけで猫可愛がりされるので、幼女は得である。

「じゃあさっそく一緒に……じゃなくて、お昼ごはんにしなくちゃ！」

耳をピンとさせたエリナは「みんなで一緒にいただきましょうね。一緒に食べると美味しいから」と、ギルバートとフランセス、そしてルディをテーブルに案内した。

ちなみに、エリナにでれでれのギルバートの尻尾は、先ほどからずっと激しく左右に振られている。

「今、焼きたてのハンバーグをお出ししますから、少し待っててください」

「〝ハンバーグ〟とな？　はて、聞いたことのない料理じゃな」

首をひねるギルバートに、ルディは「エリナは俺たちが知らないような新しくてとびきりうまい料理を作るんだ。俺も〝ハンバーグ〟を食べるのは初めてだから、楽しみにしている」と言いながら期待に尻尾を振った。

「じゃあ、ミメット姉さん、一緒に焼きましょう」

「あ、ああ」

エリナとお揃いのエプロン姿でキッチンにいたミメットが返事をすると、フランセスが「おや？」と呟く。

「あなたはもしや〝旋風《せんぷう》のミメット〟さんではありませんか？」

「〝旋風のミメット〟じゃと？」

ギルバートもミメットの顔を見て「これは失敬！　あまりにも可愛らしい姿をしておられたので、すっかり見誤っていたのじゃが、確かに〝旋風のミメット〟殿ではないか！」と言った。

「今までは勇ましいお姿しか拝見していなかったものですから、わたしも今気づきました。エリナ嬢とお揃いのその服装も非常にお似合いですよ」

「ええと、あの、はい、わたしはミメットです」

キジトラ猫のミメットは、ふたりの男性の言葉に顔を赤くして、蚊の鳴くような声で「ありがとうございます」と言い、「なんでわたしのことを知ってるんだろう？　は、恥ずかしい！」と再びキッチンに引っ込んでしまった。

そしてエリナは『うわあ、ギルおじいちゃんもルディのお兄ちゃんも、結構な〝たらし〟みたい。でもって、ミメット姉さんは、カッコいい二つ名を持つ有名な剣士だったんだね』と温かい目で、テーブルに着いた今日の客を見守るのであった。


さて、キッチンに戻ったミメットは気を取り直して、エリナの指導のもとでハンバーグを焼いた。もちろん、フライパンに油をひくのを忘れない。

「この料理は挽き肉……刻んだ肉を使うので、中まで完全に火を通さなくてはお腹を壊す恐れがあるんです。なので、火はやや弱めにしてしっかりと焼きます。まずは、こうして表面に焼き目をつけたら」

「うん、焼き目をつけたら」

フライパンをふたつ並べて、エリナはみっつ、ミメットはふたつを担当して焼く。

「ひっくり返して火を弱め、蓋をして蒸し焼きにします」

「なるほど。こうだね」

こんがりと焼き目のついた側を上にすると、ふたりは蓋をした。

「焼き目をつけることで旨味が逃げなくなるし、蒸し焼きにすることで肉汁を閉じ込めてふんわりと焼けるんですよ」

エリナの説明を聞き、ミメットが頷く。

「この火加減を覚えておくよ」

「はい。強すぎると焦げてしまい、弱すぎるとハンバーグがカチカチになってしまうので、火加減が重要です」

焼いている時間を使って、ふたりは手早く付け合わせの野菜を盛りつける。

「そろそろいいかな？　姉さん、中まで火が通ったかどうかは、ハンバーグの真ん中に串を刺して確かめるんです」

「串を？」

首を傾げるミメットの目の前でエリナはフライパンの蓋を取ると、金属でできた串をハンバーグの中央に刺して抜いた。

「ほら、透明な肉汁が出たでしょう？　生だと赤い汁が出てくるんです」

「ああ、なるほどね！　これなら肉を切らなくても火が通ったかどうかわかるから、ちょうどいい焼け具合で火を止めることができるんだね」

ミメットは、自分が焼いているふたつのハンバーグに串を刺して、「焼けてる。うん、こっちもだ」と肉汁の色を確認して火を止めた。

今までは、しっかり火を通そうとして炭を制作してしまっていたミメットだったが、エリナに料理を教わって、着実に力をつけてきた。

エリナとミメットは焼き上がったハンバーグを皿に盛りつける。千切りキャベツと櫛形切りのトマトが今日の付け合わせだ。そして、エリナが醤油味のキノコソースをハンバーグにかけ、ミメットは手早くごはんとスープをよそった。

「ルディさん、出来上がりました」

「ああ」

声をかけられると狼の隊長がいそいそとカウンターに来て、料理をテーブルに運んだ。

「おや、カルディフェンが給仕してくれるのじゃな」

「まあな。俺は慣れているから任せてくれ、フランも座ったままでいい」

「兄上、恐縮です」

それを見たミメットは「よく考えてみたら、うちでは〝カルディフェン殿下〟のルディ隊長を給仕や警備員代わりにこき使ってるんだよね。ギルバート様とフランセス殿下がお昼ごはんを食べに来たくらいで、動揺することもないか」と、悟りを開いたような表情で遠くを見た。

新しい料理と天才料理人

「それでは、本日のランチの説明をいたします。これはハンバーグといって、牛肉の挽き肉をたっぷり使ったステーキです。かかっているのは玉ねぎとキノコの醤油ベースのソースで、炊きたてのごはんにとても合うんですよ」

「ほほう、これはステーキなのじゃな」

てっきり煮込み料理が出てくるとばかり思っていたギルバートは、香ばしく焼けてなんとも食欲をそそる匂いを放つハンバーグを見て、ごくりと唾をのみ込んで考えた。

（せっかく子猫のお嬢さんが作ってくれたが、わしに噛めるのじゃろうか？　いや、噛めんでも、たとえ丸呑みになっても食べたい料理じゃな……）

「さあ、熱々のうちにいただきましょう」

「エリナの言う通りだ。ありがたき糧を！」

「ありがたき糧を」

ルディに促されて、一同はテーブルナイフをハンバーグに差し入れた。

「うわあ、驚きましたね。なんてやわらかなステーキでしょう」

上品にナイフとフォークを使っているフランセスが、ハンバーグを切り分ける手応えに驚いて言った。

「切り口から、肉汁がじゅわっと溢れて、なんて美味しそうなんだい！」

作ったミメットも、溢れるジューシーな肉汁に思わず感嘆の言葉を発した。

「さすがはエリナだな！　遠慮なくいただくぞ」

後見している子猫のせいで、すっかり〝食いしん坊狼〟になってしまったルディは、精悍な姿に似合わない激しい尻尾の振り方をしている。口の中にハンバーグを放り込むと「うまい！今日もうまい！」と言ったきり、あとは無言でもぐもぐと料理を堪能していた。

そして、ギルバートは。

「なんとも驚いた！　これは、この肉料理は……」

歯が衰えて、くたくたに煮込まれた肉しか食べられない老狼は、ひと口大に切ったハンバーグを口に入れた途端、感無量といった風情で目をつむり天を仰いだ。

「……うまい。うまいぞ。そして、ステーキなのにやわらかい。このようなうまい肉を、再び食べることができる日が来るとは……」

そして彼は、残った歯でハンバーグを噛みしめて、口の中に広がる牛肉の旨味を何度も何度も味わい、うっすらと涙を浮かべたのであった。

「ごちそうさまでした」

エリナがいつも言っているので、食後の挨拶はルディもミメットも〝ごちそうさま〟になっていた。

それを真似してギルバートとフランセスも、「ごちそうさま」と声を合わせた。

「なるほど。噂に違《たが》わず、素晴らしい料理でした」

フランセスが上品に感想を述べた。

「このような斬新な料理をいただくのは初めてでしたが、大変美味しく、できることならまた食べたい、と感じました。このような素晴らしい料理をお出しになっているのならばと、この食堂が人気のわけがわかりましたよ」

「フランさん、ありがとうございます」

料理を褒められて嬉しそうなエリナは、笑顔でお礼を言った。

「特に高級な食材を使ったわけではないんです。でも、ミメット姉さんが市場で美味しい牛肉を買ってくれて、お肉の味を生かした料理ができたと思います」

そこまで話してから、エリナはハンバーグ定食を完食したギルバートに尋ねた。

「ギルおじいちゃん、お味はどうでしたか？　歯は痛くなっていませんか？」

「……エリナよ……」

ギルバートは椅子から立ち上がると、エリナに近づき、そして彼女を抱き上げた。

「きゃっ」

「ありがとう。まさかまたこんなに美味しい肉料理が食べられるとは思わなんだ。お前は小さいが、この国でも最上級の立派な料理人なのじゃな」

「おじいちゃんに喜んでもらえて嬉しいです」

「おお、こんなに喜ばしく美味しく肉料理が食べられて、わしは大感激じゃ」

感極まったギルバートの肩から上がモッフモフの狼に変化してしまったので、エリナは「わあい、おじいちゃん、モッフモフですぅ」と大喜びで毛並みをモフり、料理のみならずそのゴールドフィンガーでギルバートをすっかり虜にしてしまったのであった。


やがて、ギルバートを充分にモフったエリナは、羨ましそうなルディの手でもとの椅子に座らされた。

「そういえば、ルディさんの本名は、カルディフェンさんっていうんですね。わたし、全然知らなかったです」

エリナはこてんと首を傾げた。

「うん、そういえばまだ教えていなかったな。それよりも、今日の料理も最高に美味しかった。偉いぞ、エリナ」

お兄さん代わりだかお父さん代わりだかわからない微妙な立ち位置のルディは、子猫の頭をくりくり撫でてから言った。

「俺の名前は、正式にはカルディフェン・ラーダ・スカイヴェンというんだ。まあ、長すぎるから普段は通称で済ませているんだがな」

「わあ、長ーいお名前は、カッコいいです」

身分の上下のない日本から来たエリナは、〝スカイヴェン〟という国名と同じ姓がつくことの意味など考えていない。そのため、さっきからミメットが赤くなったり青くなったりしている原因もわからないのであった。

無邪気なエリナにパチパチと手を叩かれたルディは「そうか、カッコいいか」と少し得意げに鼻の頭をかいた。

「カッコいい……のですね」

なぜか対抗心を燃やしたフランセスが黙っていられなかったようだ。

彼は「エリナ、僕の名前はフランセス・ジーク・スカイヴェンっていうんだよ。長いでしょ」と、いかにも優しいお兄さんらしくにっこりと笑った。

「もちろんエリナは、僕のことを〝フランお兄ちゃん〟って気軽に呼んでいいからね」

それを聞いたミメットは、口の端をひくひくさせながら「いや、まずいでしょう、仮にも王太子に向かってそれはまずいでしょう」と呟いたが、エリナの耳には入らなかった。

「フランさんも、長くてカッコいいお名前なんですね」

「フランさんじゃなくて、フランお兄ちゃんだよ」

「はい、フランお兄ちゃん」

現在、〝絶賛幼女中〟のエリナは、両手を膝の上に揃えていい子のお返事をして、美形青年を「か、可愛い……持ち帰りたい……」と身悶えさせた。

幼女のお持ち帰りなど、もちろん王都を守る警備隊長である銀狼ルディが許すはずがない。

彼は遠慮なく弟の頭に拳を落として「フラン、血迷うな」とぐるるるという不穏な唸り声と共に警告した。

そして、そこにいそいそと割り込んでくるのは、優しくて可愛い子猫をすっかり気に入ってしまい、彼女の気を引きたくてたまらないギルバートである。

「エリナよ、わしはな、ギルおじいちゃんの名前はな、ギルバート・セスタ・スカイヴェンなのじゃ」

「うわあ、ギルおじいちゃんも長いお名前……わたしの名前は、ただのエリナなんです……」

本当はフェアリナという美しい真名があるが、まだ明かす勇気がないエリナは俯いた。

(皆さんが正式な名前を名乗ってくれているのに……どうしよう？　親切なルディさんや、ご家族や、ミメット姉さんには真名を教えた方がいいような気がするけれど、真名を明かすとなにが起こるのかわからないし、もしも迷惑をかけるようなことになったら……。教えてもいい基準をフォーチュナさんに聞きたいな。なんとか連絡を取る方法はないのかな)

考え込んでしまったエリナを、名前が立派でなくてしょんぼりしてしまったのだと勘違いして、ミメットは男三人をギロリと睨みつけた。

「名前が長かろうと短かろうと、それはどうでもいいことだよ！」

芯が強くてきっぷのいいミメットにびしりと言われて、スカイヴェンの名のつく男たちは思わず首をすくめた。

ミメットはエリナを元気づけるように言った。

「エリナ、あたしはただのミメットだよ。でも、青弓亭のミメットなんだ。エリナは青弓亭のエリナという立派な料理人じゃないか。エリナはこの青弓亭に欠かせない料理人だし、この王都にはあんたの料理を求めるお客がたくさんいるんだよ。それは、誇りに思っていいことなんだ」

その言葉を聞いて、エリナは顔を上げた。

「そうですね、わたしは青弓亭のエリナです！」

（そうだ、わたしの居場所はここなんだ。真名とかは気にしないで、青弓亭のエリナとして自分にできることに取り組んでいけばいいんだ）

皆が、エリナを力づけるように頷いた。

「その通りだ。ミメットの言うように、エリナはたくさんの人に必要とされている立派な子猫なんだからな」

過保護な保護者のルディがエリナを抱き上げた。

「これからも、美味しい料理を作ってみんなに食べさせてくれ。たくさんのお客がエリナを待っているぞ」

「はい！　これからもがんばります！」

子猫は小さな拳を作り、力強く宣言した。


ハンバーグ定食に舌鼓を打ったギルバートとフランセスは、満足して青弓亭を後にした。

「護衛はなしで来たのか？」

一緒に店の外に出てきたルディが、小さくフランセスに尋ねた。

「まさか」

フランセスは肩をすくめた。

「僕は兄上と違って、ガチの戦闘力はないからね。確実に祖父殿を守りながら戦う自信はないから、護衛も一緒に来たよ。見えないところに配置、だけどね」

王家の馬車で乗りつけたらお忍びにならないから、とフランセスは笑った。

「できればここから馬車で帰ってくれた方が、護衛の連中も気が楽なんだろうがな」

「そうだけど、そうしたら青弓亭が悪目立ちするでしょ。もしもエリナに変な連中が目をつけたら……」

「よし、さっさと歩いて帰ってくれ」

見事な掌返しを見せたルディに見送られ、名残惜しそうなギルバートと、美味しいものを食べられてご機嫌のフランセスは帰っていった。

ルディの正体

「ねえ、ルディさん。あ、どうぞ」

その日の夕食も大盛況で売り切れて店じまいをした青弓亭から、エリナはいつものようにルディに抱っこをされて家に帰ってきた。

そして寝る支度を整えると、揃えてもらったお茶セットで、ふたり分のハーブティーを淹れてからルディに尋ねた。

「ありがとう。なんだ？」

エリナの淹れた香り高いハーブティーを飲みながら、ルディは尻尾を振って答えた。

「ルディさんは、偉い人だったんですか？」

いくら身分制度に疎いエリナでも、王太子だ王家だという言葉が耳に入ったので、おや？と思ったのである。だが、ふたりきりになった時に聞いた方がよいと判断して、青弓亭ではさらっと流していた。

エリナの疑問に、ルディは「偉いというか、俺は特殊な家に生まれた、ということだ」と落ち着いて答えた。

「祖父殿のギルバートは前国王で、俺の双子の弟であるフランセスは王太子だ。つまり、俺の父親はスカイヴェン国の国王で、俺はこの国の第一王子ということになる」

「ルディさんは王子様だったんですか。わたし、全然知りませんでした」

「そうか。警備隊員も王都の人間も、俺のことは警備隊長だと認識しているからな。ちなみに、王族や貴族が騎士団に所属するのは珍しいことではないぞ。黒豹のヴォラットは俺の幼馴染みで貴族だし、狐のサファンと熊のアルデルンも貴族の三男だか四男だかだな。ヴォラットは宰相の息子でもある」

どうやら、スカイヴェン国王都警備隊は、貴族のエリートが多いようだ。

「まあ、どの隊員も過度な贅沢はしないで王都で普通に暮らしているのだから、俺たちについては身分がどうだのとエリナが特に気にする必要はないだろう。さすがに祖父殿とフランがひょいひょい遊びに来たら困るが……その点については、王都の警備隊長として、後で厳重に注意をしておくつもりだ」

ルディは、エリナの料理（そして、エリナ本人）を気に入ったふたりが、ルディの抗議を無視して今後もやってきそうな気がして、顔をしかめた。

「他になにか聞きたいことや困ったことはないか？」

「ルディさんは第一王子なのに、フランお兄ちゃんが王太子なのは……あ、王太子に向かって、お兄ちゃんって呼んだら駄目ですよね」

「呼べと言われたのだから、おじいちゃんでもお兄ちゃんでもかまわないと思うが」

むしろ呼ばないことで変に拗《す》ねられたりしたらめんどくさい、というルディの本音も口から漏れた。

「俺が王太子ではないのには、少々特別な事情があって……」

ルディが「ううむ」と唸ったので、ハーブティーのカップをテーブルに置いたエリナはパタパタと手を振った。

「あ、答えにくいことなら別に言わなくてもいいです」

「答えにくいわけではないが、エリナに理解できるかなと……いや、賢いエリナなら大丈夫か」

ルディもカップを置くと、事情を説明し始めた。

「俺と弟のフランは、双子として生まれた。祖父殿も父上も弟も狼の獣人なのだが、俺だけはそうではなかったんだ」

「えっ？」

エリナは、驚きの声をあげた。なぜなら、モフモフおたくのエリナの目には、ルディは狼の獣人にしか見えないからだ。

今も肩から上は完全に銀の毛並みの狼であるルディは、少し笑いながら言った。

「獣人は、身体の特徴を自分の意思で変えることができる」

ルディは服を脱ぐと、エリナが「きゃっ」と顔を手で覆っている隙に狼の姿に変化した。

「この通り、獣化すると狼の姿になる。そして俺の場合は、もう一段階、本当の姿に変わることができるのだが……」

「ルディさん、大丈夫です。ルディさんの秘密はわたしの真名にかけて決して漏らしません」

エリナは無意識のうちに、そのような誓いをしていた。

ルディは彼女の言葉を聞いて「真名だと？」と目を光らせたが、そのまま「いや、あまりおおっぴらに話さないでくれればよい程度のことだ。近しい者たちは皆わかっているし」と言った。

そして、ルディの身体がまばゆい光を放った。

「エリナ、これが俺の真の姿なんだ」

「わあ、眩しい……って、え？　ルディさん？　ルディさん、なん……ですか？」

思わず目をつむり、そして開いたエリナは、目の前にいる生き物の姿を見て目を見開いた。

「俺だ」

「なんて……すごい……」

そこにいたのは、エリナよりもずっと背が高く、大きな身体をした、長い銀色の毛並みが美しい獣……いや、神々しい生き物であった。

太くてふさふさした尻尾をゆっくりと振りながら、ルディは言った。

「家族の中で俺だけが……というか、この国で俺だけなのだが、フェンリルという生き物だったのだ」

「フェンリル……ですか？」

「神獣とか、聖獣とか、様々な呼び名があるが、この国では妖精獣と呼ばれている」

「妖精、獣……」

その言葉を聞いたエリナの身体に、電流のようなものが走った。

（まさか、ルディさんも妖精だったなんて！　フォーチュナさんはそれをわかった上でわたしをここに連れてきたのかな）

ルディは説明を続けた。

「この通り、妖精獣であるが故に、俺は通常の獣人の番《つがい》を持つことができない。つまり王妃を娶《めと》り、子を成すことができないのだ。だから俺はこの国の王位を継ぐわけにはいかなかった」

「番を？」

耳慣れない言葉に、エリナは首を傾げた。

「普通の獣人であるエリナにはわからないだろうが、俺は同じような妖精獣としか結婚できないということなんだ」

まあだから、と彼は続けた。

「エリナのような可愛らしい女の子を保護しても、不埒《ふらち》な真似には及ばないから、誰も俺の行動に反対しないというわけだ」

「不埒……なっ、ルディさんのえっち！」

意味がわかったエリナは頬を染めたが、当のルディは「うん、だから、まったくそっちの方は心配いらない……のだが、それはそれで、男として悲しいものがあるというか……」と寂しげに遠くを見つめるのであった。

「ルディさんは、他の人のように人間の姿にはならないんですよね」

「いや、そんなことはない」

彼は半獣の姿に変わり、エリナに「えっち！」と叫ばれないように衣類を身につけてから、また姿を変えた。

「ほら、この通り人間の姿にもなるが、王太子と同じ顔というのは誤解のもとだからな。仕事にも差し障りがあるし、いつも狼の……エリナ？」

「……わ……ル……」

口をぽかんと開けて、エリナは言葉に詰まっていた。

それまで男性だということを意識せずに、ひとつ屋根の下に住み、狼の姿とはいえ夜は一緒のベッドに（しかもしがみつきながら）寝ていた相手は……プラチナブロンドの、とびきりのイケメンだったのだ！

確かに、人間の姿になった彼は双子のフランセスと同じ顔をしている。しかし、穏やかで知性派のフランセスと違い、騎士として鍛錬をし荒っぽいことも多い仕事についているルディは、美しさに男性的な精悍さも加わっていて、はっきり言ってめちゃくちゃエリナのタイプの男性だったのだ。

（こっ、これがっ、ルディさんの人間としての姿だったなんて！　違うよ、わたしがモフって可愛がってたのは銀の狼であって……）

いや、エリナが散々モフりまくったのは、まさにこの美青年なのだ！

「き、きゃあああああーっ！」

「エリナ⁉」

恥ずかしさのあまり、真っ赤になって叫ぶと、エリナはその場から逃げ出して、自分の部屋へと駆け込んでしまった。

「うわあああ、わたしったらなんてことを！　やだもう、ルディさんは狼だと思い込んでたけど、狼じゃなかった！　あの人に、わたしは思いきり……ひいいいいっ！」

外見は幼女だが、中身はお年頃の女子であるエリナは、ベッドにダイブしてから「モフってたあああっ、成人男性の全身を、モフって、お風呂で洗ってあげるとか言ってたあああっ！」といろんなことを思い出してのたうち回っていた。

「わたしってば変態？　痴女？　ルディさんに、変なやつだと思われてた？　ああ、どうしよう！」

……まあ、エリナの場合はモフモフスキーすぎて、ある意味変態と言えないこともないが……。

「エリナ？　どう、したんだ？」

「ひゃあああああ！」

ルディがドアの向こうから恐る恐る声をかけてきたので、エリナは奇声を発してしまった。

「なにがお前を驚かせてしまったのかわからないが……」

「いえ、その、いろいろすみませんでしたっ！」

「なぜ謝る？」

エリナを幼い女の子だと思っているルディは、混乱していた。

「フェンリルの姿が怖かったのか？　それなら、もう二度と……」

「とんでもない、とっても素敵なフェンリルさんにわたしはメロメロでした、そのまま飛びついてモフモフの中に埋もれたいと……いや、それどころではなかったんだ！」

「そ、そうか、つまりフェンリルの姿は気に入っているのだな？」

「そりゃあもう、大のお気に入りです！　モフモフっこの頂点です！」

エリナの言葉を聞いたルディは、ほっと胸を撫で下ろした。

（エリナはフェンリルの姿に怯えたわけではない、というわけか）

ルディは考えた。

（ということは、人間の姿を恐ろしく感じたのだな。もしや、エリナは人間にひどい目に遭わされていたのではないだろうか？　そういえば、サファンたちと会った時も、彼らが半獣化し

てみせてから急に懐いていたな）

いや、それは違う。エリナは二十一の乙女であるため、イケメン男性にはそうそうさわるわけにはいかないのだが、肩から上を獣化したサファンのモフッとした狐の毛並みを目の前にして、〝若い男性〟という認識が〝可愛い狐さん〟にすり替わってしまい、結果としてあっけなく陥落しただけである。

だが、ルディは勘違いしていた。

（男の姿を嫌がるのなら、エリナの前では人間の姿になるのはやめよう）

というわけで、ルディはフェンリルの姿に変わると、器用にドアを開けた。

「エリナ、入るぞ」

「ちょっ、ルディさん！」

抗議したエリナだが、目の前に現れたのが素晴らしい毛並みのモフモフだったので、そのまま固まった。

（モフッとしたい！　思いきりモフりたい！　ああでも、ルディさんは狼ではなく……）

彼がイケメン男性だと知ってしまった今は、以前のエリナとは違うのだ。彼を冷静（？）な気持ちでモフることはもうできない。

しかし、妖精獣フェンリルとなったルディは、その姿にふさわしい泰然とした態度で言った。

「夜は冷えるからな。ひとりで寝て風邪でもひいたら大変だ」

「……でも……」

「体調を崩したら、仕事に差し障りが出るぞ」

「…………」

責任感の強いエリナの弱いところをつくあたり、なかなかの策士である。

エリナは苦悩した。

若い男性と一緒に寝るわけにはいかない。

しかし、風邪をひいて、ミメットに迷惑をかけることも避けたい。今の青弓亭は、ミメットとエリナのふたりで回しているのだ。エリナが病欠したら休業するしかない。

そして目の前にいるのは、若い男性ではなく巨大な銀色のモフッとした生き物だ。

「そら、俺の尻尾にくるまって寝ると暖かいぞ？　掛け布団なんていらないぞ？」

ふさっ、ふさっ、と、魅力的な尻尾が誘う。

「ふわあ、なんというモッフモフ……」

「どうだ？　ふわふわだぞ？　気持ちいいぞ？」

フェンリルは、エリナのベッドに乗って誘った。

「ん？　ここにくるまりたくないか？　見てみろ、ここの毛はふわっとして、それはそれは気持ちがいいぞ？」

「う……うはあああっ！」

甘い誘惑にエリナの理性は、あっけなく崩壊した。

くたっと身体の力を抜いたエリナを、とびきりふわふわした毛が受けとめた。

「ああ、なんというモフモフ……ここは天国……モフモフに溺れる……溺れてしまって……いいの？」

「お前のような小さな子猫は、大きな生き物に守られて休まなければならないのだ。むしろ、お前の義務であると言えるな」

「子猫の義務、なの？」

「そうだ。そら、ゆっくりと眠るがよい」

フェンリルの大きな前脚の肉球が、エリナの身体を優しくぽふぽふと叩いて眠りに誘う。

「よしよし、眠れ眠れ」

低い声でエリナに囁くフェンリルにしがみつき、そのふんわりした毛並みに顔をうずめたエリナは、幸せのあまり顔をだらしなく崩れさせながら、「ふにゃあああん……」と眠りに落ちていったのであった。

エリナは危険な子猫ちゃん？

その頃王宮では、家族会議が始まっていた。

出席者は、前国王のギルバート、王太子のフランセス、そして現国王夫妻である。

「カルディフェンの養い子の様子はどうでしたか、父上」

国王は、ギルバートに尋ねた。

ルディが迷子の子猫を、なんと自分の家に同居させてまで面倒を見ているという報告を聞いた時、彼らは耳を疑った。

伝説の妖精獣フェンリルとして生まれたルディは、普通の獣人とは異質な存在だ。その能力は、獣人たちとは桁違いだし、番以外の女性とは男女交際ができない。〝女性〟として意識することができないのだ。

他の誰よりも優れた容姿や力を持つルディであったが、成長するにつれて周りとの関係に違和感を覚えていった。特に思春期になれば、健康な男性は女性に興味を持ち始め、恋に落ちるようになるが、彼にはそれが理解できなかった。

それに加えて、第一王子として生まれたのに王位を継げない存在であるということで、彼は皆に気を使われているのを感じていたし、彼も周りに気を使っていた。

そのひとつが、フランセスとそっくりの顔をさらさないようにと、常に狼の顔で過ごしているという行動だ。

「王家のシンボルはひとつでいい」

そう言って、弟を立てる兄に対してフランセスはやるせない気持ちを抱き、そっけないようで誰よりも自分のことを考えてくれる兄になんとか幸せになってほしいと願っていた。そのため、彼の番となる妖精獣探しも行っていたのだが、いまだに見つからないままである。

「あのカルディフェンが、他人に対してそこまで心を開いているとは。その子猫は何者でしょうか」

「おお、エリナか。あれは実によい子猫じゃな。うむ、たいそう可愛らしく、それはもう愛らしい……小さな小さな子猫じゃ……そして、大変年寄りに優しい子でなあ……」

そう答えるギルバートの顔がだらしなく笑み崩れたので、国王は驚いた。

「父上！　顔が……」

（メロメロになっている！　なんと、あの、父上が？　鋼鉄のギルバート王が？）

厳しく強い前国王が気のいい好々爺《こうこうや》にジョブチェンジしてしまった姿に、国王は戸惑いを隠せない。

そして、そんな彼にフランセスが追い討ちをかける。

「いいですよねえ、エリナは。今度会う時にはもう少し僕に懐いてくれるかな？　フランお兄ちゃんの……お膝に乗ってくれないかな……あのふわふわした白いお耳で、こう、膝の上に……」

「フランお兄ちゃんだと？　フ、フランセス、お前もか！」

国王は動揺して叫んだ。

（まさか、このふたりがあっさりたぶらかされるとは……さてはそやつは只者ではないな。子猫のふりをした、妖《あやかし》やも知れぬ……ぬう、これは手強そうだ……）

ほんわかしているふたりを見ながら、国王は眉をひそめた。

「まあ、そんなに可愛い子猫ちゃんなの？　わたくしもぜひ、お会いしたいわ」

王妃が両手の指を組み合わせて言った。

「それに、子猫ちゃんの作る変わったお料理というのにも興味がありますもの」

人のよさそうな王妃に、ギルバートは頷いた。

「おお、サランティーナ妃よ、確かにそうじゃな。あの子の作った〝ハンバーグ〟なるものは、こう、ナイフを入れた途端に切り口からじゅわあっと肉汁が溢れ出してのう、口に入れると、やわらかいのにステーキのように肉の旨味が広がって、なんとも幸せな気持ちになる美味しい食べ物なのじゃよ」

ハンバーグの味を思い出して、ギルバートは口元をほころばせた。

「不思議な旨味のあるキノコのソースがかかっていてな、炊きたてのごはんなるものと共に口に入れると、なんとも言えぬ美味しさのハーモニーとなって、もっと、もっとと手が動いてハンバーグを切ってしまうのじゃ！」

久しぶりに焼いた肉の旨味を味わったギルバートの、真に迫った感想を聞いて、サランティーナ王妃は唾をごくりとのみ込んだ。

「まあ、前王陛下の表現力は素晴らしいですわね。わたくし、そのハンバーグが今すぐ食べたくて仕方がない気持ちになってしまいましたもの」

サランティーナ王妃は、多くの女性がそうであるように、美味しい料理やお菓子に目がないのだ。

「うむ、わしももっとあれを食べたい！」

そこに、フランセスも加わった。

「僕ももう一度ハンバーグを食べたいです！　ああ、祖父殿の話でまたあの味を思い出してしまいましたよ……なんとも美味しい昼食でしたよね」

「そうじゃのう、あの手作り感がたまらんかったのう……またハンバーグが食べたいのう……」

「羨ましいですわ……ああ、幻のハンバーグよ、わたくしも食べてみたいわ、ハンバーグを……」

「食べたいです、ハンバーグを……」

父と妻と息子がハンバーグに思いを馳《は》せてしまったので、国王は『いかん、皆正気を失っている！　これほどまでに王族の心を奪うとは、恐るべき子猫よ。やはり只者ではないな！』と頭を抱えるのであった。

王宮への招待状

「……これは？」

早朝のルディの家に、王宮からの使者がやってきた。

「確かにお渡し申し上げました。では、失礼いたします」

伝令の男性はルディに封筒と大きな箱を渡すと素早く姿を消した。どうやら国王は間者《かんじゃ》を使って手紙を運ばせたらしい。

「緊急かつ、重要な手紙というわけだが……なぜエリナに？」

そうなのである。スカイヴェン国の第一王子であるカルディフェン宛てに国王から急ぎの手紙が来るのならまだわかるが、そこに書かれた宛先はエリナになっているのだ。

「ルディさん？」

出かける身支度を済ませたエリナは、ルディから王家の紋章がついた封筒を受け取って首をひねった。

「ルディさんのお父さんから、わたしにお手紙ですか？」

「父というより、スカイヴェン国王からの正式な手紙だな。この封筒は、公務の時に使われるものだ」

「王様がわたしになんのご用かな？」

エリナは封筒を開けると、便箋を取り出した。

運命を司る妖精フォーチュナの計らいで、言葉に関しては困らないようになっていたエリナは、そこに書いてある文字を読んだ。そして、戸惑った。

「これは、どういうことですか？」

ルディは手紙を受け取って、難解な言い回しの文章を読んだ。

「……驚いたな。簡単に言うと、ハンバーグを作ったエリナとミメットに、褒美をくれるそうだ」

「わたしたちにご褒美ですか？　どうして王様が？」

料理を作っただけなのに、まさかスカイヴェン国王から褒美が出るなどと思わなかったエリナは驚いた。

「前国王のために新しい料理を考案した業績ということで、特別な褒美を出すとのことだが……まあ、つまりは、国王夫妻にもハンバーグを食べさせろ、王宮の厨房を使って作れ、ということだ……わがままな家族ですまない」

国王のあまりの職権乱用ぶりに、ルディは肩を落とした。

「しかも、明日来いとかって、わがままますぎるだろう」

食堂での仕事があるので、急に来るようにと言われても困るけれど、断るわけにもいかない問題だとエリナは考え込んだ。

「うーん、明日はお店を急遽お休みにするしかないですね……。材料はどうしましょう」

「向こうで用意するだろう。後で手紙を出すから必要なものを教えてくれ」

「わかりました」

「その箱はなんですか？」

ルディがふたつの箱を開けると、中からロイヤルブルーのワンピースドレスと履きやすそうな革のやわらかい靴が現れた。

「これを着て登城しろということだな」

「そうですね」

膝丈のワンピースドレスは、動きやすそうなシンプルなデザインで、エリナの身体にぴったりだ。国王の間者がこっそり調べたのだろう。

「さあ、青弓亭に行こう。おそらくミメットも面食らっているだろうからな」

「はい……。あの、王宮への呼び出しって、滅多には……」

エリナの問いに、ルディはしかつめらしい顔で答えた。

「ない。平民が突然呼び出されるなどということは、普通、まずない。しかも、直々に褒美を与えるなどということは、貴族や騎士がよほどの手柄を立てた時でないと行わないし、こんな風に無理に呼びつけるような真似を国王はしない……はずなんだが」

ルディはため息をついた。

「うちの家族は相当、食い意地が張っている、ということなのかな……」

「エリナーッ！　大変！　大変だよーっ！」

ミメットは、予想通りパニックになりかかっていた。エリナの顔を見ると尻尾をぶわっと膨らませ、動揺して肩から上を猫の姿に変えてしまいながら抱きついてきた。

「どうしよう、あたしたちにお城に来いって！　なんか心臓に悪い手紙が来たよ！　あと、やたら上等な服も来たよ！　どうしよう!?」

「よーしよしよし、怖くないですよー、姉さん、落ち着いてー、よーしよーし」

口元がにやけたエリナはゴールデンフィンガーでミメットの毛をかき回して、優しくモフりながらなだめた。

「うにゃあああああん」

「はーい、モフモフモフ」

夢中でモフるエリナの姿を見て、ルディは苦悩していた。

(なんだ、このおもしろくない気持ちは……はっ!?　まさか、俺は嫉妬をしているのか？　昨夜も一緒に寝て身体を撫でてもらったというのに……これでは、父上たちをわがままだなどと言えない。一番欲深いのは俺ではないか……)

エリナは罪な子猫であった。

さて、突然の招待状を受け取って動揺しまくっていたミメットであったが、エリナにモフられているうちに次第に落ち着きを取り戻していった。

「にゃあ」が「ゴロゴロ」に変わり、やがて人間の顔に戻る。

（あーあ……猫ちゃん可愛かったのに……）

エリナが内心、残念に思ったのはミメットには秘密である。


さて、翌日。

国王からの直々の招待に逆らうことはできないミメットとエリナは、店を一日休みにして王宮へ向かう支度をした。

昼頃に迎えの馬車が到着し、ルディが付き添ってくれる手はずになっている。

「こんな綺麗な服、あたしに似合うのかなあ……」

手紙と共に届いたエリナとお揃いのロイヤルブルーのワンピースを見て、ミメットは自信なさげに言った。

けれど、ためらいながらも着てみると、サイズはもちろんぴったりだし、女性らしいけれど動きやすいデザインで着心地がよい。

その姿を見て、エリナは「うわあ、姉さん、とっても可愛いです！」と褒めた。

「ミメット姉さんは、スタイルがとってもいいんだもん。靴も服も、よくお似合いですよ」

「なんだか照れくさいね。エリナも似合っていて可愛いよ」

「ありがとうございます」

ワンピースに黒髪、そして白い耳が可愛らしくて、今日は少しだけお上品な猫に見えた。

「よそ行きの服を着るのって、楽しいですね」

「そうだね。なんであたしたちの服のサイズを知っているのかとか、腑に落ちない点もあるけれど、このワンピースに免じて今日のところは勘弁してやるかな」

ミメットの瞳がきらりと光った。

どうやら王都に放たれた間者は、危ないところで命拾いをしたようだ。

髪をいつものように後ろでひとつ三つ編みにしたミメットは、エリナとお揃いのワンピースを着て嬉しそうだ。

「本当なら、料理を教えてもらっただけのあたしまで行くのは筋違いなんだろうけどね」

「なにを言っているんですか、ミメット姉さんがいないと、ハンバーグは作れませんよ！」

刃物の扱いに長けて腕力もあるミメットの、肉をミンチにする技がなかったら、とてもじゃないけれどハンバーグ作りは無理である。

支度が終わって少し経ってから、馬車が到着した。中からルディが降りてくる。

王都の平和を守ったり、王家のわがままに付き合ったり、警備隊長は大忙しなのだ。

「どうだ？　用意は……」

白いシルクの生地に金モールの飾りのついた、騎士団の礼装に身を包んだルディは、ふたりの姿を見て言葉を切った。仲良くロイヤルブルーのワンピースドレスを着たふたりの猫は、いつもよりも可愛らしさが増していたからだ。

特に、エリナが。

「……できているようだな、うん」

白い耳をぴこぴこさせている子猫からすっと目を逸らしたルディは、内心で呟く。

（かっ、可愛いではないか！　いつものエプロン姿もいいが、このような服も似合うな。これからはエリナにいろんな服を着せてみることにしよう）

どうやら〝エリナ着せ替え計画〟が発動したようだ。

そして、エリナの方も普段とは違うルディの姿を、うっとりした瞳で見つめていた。

（はうっ、王子様！　モフモフプリンスがここに……カッコよすぎますよ、ルディさん！）

「エリナ、大丈夫か？」

「あ、すみません。ちょっと緊張しちゃったみたい、えへへ」

笑ってごまかす子猫である。

「でも、ルディさんがいてくれるから、力強いです」

ミメットも、激しく頷いて同意した。

「そうだね。ふたりだけじゃ、足が震えて止まってしまいそうだよね」

ふたりの猫は、すがるようにルディを見た。突然の招待で、なにをどうしたらいいのかわからないのだ。頼れるのはこの第一王子のルディだけである。

「今回の褒賞は、公式と非公式の間にあるから、そんなに堅苦しいものじゃないと思うぞ」

実際は間というよりも限りなく非公式寄りである。

なにしろ王家の者たちの脳内では〝エリナのハンバーグを食べる会〟なのだから。


緊張気味の猫をふたり乗せた馬車は、何事もなく王宮に着いた。

「さあ、着いたぞ……おい、飛び降りるな」

ルディの静止も間に合わず、扉を開けて左右を素早く確認したミメットが飛び出し、着地を決めた。

馬車を出迎えた王宮の者や警備兵は、鮮やかなロイヤルブルーのワンピースを着た可愛らしい猫の、プロフェッショナルな身のこなしを見て驚いて「おおっ」と声をあげた。

「よし、大丈夫だよ。ルディ、エリナ、ゆっくり出ておいで」

どうやら〝旋風のミメット〟は、身分のある（普段は気安くこき使ってはいるが、ルディの身分は非常に高いのだ）カルディフェン王子と、いたいけな子猫を守る立ち位置だと勘違いしてしまったようだ。

「ミメット、今日はお前とエリナが客の立場なんだからな。おとなしく俺にエスコートされてくれ」

ミメットの真似をして飛び降りようとしたエリナの腰をひょいと担いで、「にゃん！」と言わせたルディが、小脇にエリナを抱えて馬車から降りる。

「いいか、今日のミメットとエリナはレディだ。レディだぞ。わかるか？　ミメット、誰もとって食ったりしないから、全力で辺りを警戒するな」

「……わかった。レディか。やったことないけれど、がんばってみるよ」

そしてルディと緊張するふたりは、王族の待つ部屋に案内された。

謁見《えっけん》用の広い部屋に通された三人が待っていると、扉が開いて国王が入ってきた。

壮年の国王は、フランセス王子と同じ金髪を後ろに撫でつけている。公式な場では威厳が漂う国王だが、リラックスしている今は、いたずらっぽく笑うとちょい悪な感じがするハンサムなおじ様だ。

「おお、カルディフェンも来たか」

「はい、国王陛下」

ルディが騎士の礼をしているのを見て、国王に対する振る舞い方など知らないエリナとミメットは顔を見合わせて『どうしよう……』とうろたえた。

「カルディフェン、そのように硬くならずともよいぞ」

しかしルディにじとっと見つめられて、国王は怯み、そして咳払いをしてごまかした。

「えー、そなたたちが、父上に料理を振る舞った青弓亭の者たちだな」

「は、はい、ミメットと申します」

「エリナと申しましゅ」

（おお、噛んだ……なかなか可愛い子猫であるな）

国王は思った。

（うちの子猫が怖がっている）

ルディが小さく唸った。

（エリナ、しっかりおし！）

そう思うミメットもガチガチに緊張していた。

真っ赤になってプルプル震えるエリナを見て、ルディは思わず「よしよし、大丈夫だ」と彼女の頭を撫でた。そして、スカイヴェン国王に向かって、「うちの子を怯えさせないでもらいたい！」と牙をむいた。

「お、そうか、それはすまなかったな、幼い子猫を怖がらせるつもりなどなかったのだが。そら、楽にするとよい」

震える子猫を見ていた国王は、つい息子に謝罪してしまう。そして『カルディフェンが子猫の親狼に見えるのは気のせいか？』と思いつつ「誰か、子猫に菓子を持て」と声をかけてしまい、はっとした。

「いや違う、そなたたちをお茶会に呼んだわけではないのだ」

エリナのまんまるい目が『噛んじゃった……』と潤む様子を可愛く思って、うっかりお菓子でご機嫌を取ろうとしてしまった国王は、またひとつ咳払いをした。

「おいセガルス、さっさと呼ばんか！　おお、エリナや、よく来たのう。そら、ギルおじいちゃんのところへおいで」

そこへ、ギルバートが突入してきた。どうやら隣の部屋で待っていたらしいのだが、国王に招き入れられるのが待ちきれなかったらしい。

「前王陛下、ギルおじいちゃんってなんですか！　いや、お待ちを」

国王がそう言っている間に、もうひとり待ちきれない者が突入してきた。

「父上、エリナちゃんが来たら早く呼んでくれって頼んだではないですか！　やあ、フランお兄ちゃんだよ、覚えているかな？　今日はまた一段と可愛らしい格好だね、お兄ちゃんによく見せてごらん」

「フランセス！　顔、顔が緩んでおるぞ、王太子としてむやみやたらにそのような……って、お前もか！」

フランセス王太子のすぐ後ろから、王妃も入ってきたのだ。

淡いラベンダーカラーの美しいドレスに身を包み、金の巻き毛が輝きを放つスカイヴェン国の美女は、優しい笑顔でふたりの猫に声をかけた。

「初めまして、噂の子猫ちゃんたち。おふたりにあつらえたドレスはどうだったかしら？　イメージに合わせてわたくしが見立てたのだけれど……まあ、ふたりともとても可愛らしいわね。その色を選んで正解だったわ、さすがはわたくし、我ながらよいセンスだわ！　さあ、くるっと回ってみてちょうだいな」

王妃に言われ、圧倒されたふたりが素直にくるっと回ると、青いスカートが翻《ひるがえ》った。

「ええ、とてもいいわ。どうかしら、そのドレスは動きやすくて？」

「は、恐れながら、大変動きやすく存じます」

ミメットが拳を胸に当てて、靴の踵《かかと》と踵をかつりとぶつける。そして、きりっとした仕草で王妃に礼をした彼女に、ルディが「おい、それは違う、騎士ではなくて今日は貴婦人寄りの作法で頼む」と小声で言った。

「あたし、貴婦人の礼儀作法は知らないんだよ。騎士のなら兄さんのを見てたから、なんとなくわかってるんだけど」

「間違ってはいない。しかし、ドレス姿で騎士の礼をされると、ものすごく違和感を感じてしまうんだが……」

「ドレスでの礼ってどうやるの？」

「今、ここで、俺にやってみせろと？」

「……それはやめて」

ふたりが困っている間にも、ギルバートとフランに「ほれ、おじいちゃんのところへ」「お兄ちゃんのところにおいで」と手を伸ばされ、こちらも困った顔でこてんと首を傾げるエリナ。

それを見ていた国王はため息をついた。

「よい、もうとっくに諦めておるから、今日は堅苦しいことは一切なしにする。そして、父上とフランセスは子猫を取り合わない、そこ、王妃もさりげなく交ざらない」

三世代の王族による子猫の取り合いは、ルディがエリナをひょいと抱き上げることで決着がついた。

彼は、ギルバートとフランセス、そしてなぜか新たに加わったサランティーナ王妃の恨めしげな視線を「ふんっ」と鼻息ひとつであしらい、首にエリナをかじりつかせてから、父王に言った。

「さて、本題に入りましょうか、国王陛下?」

「お、おう」

王都警備隊の制服に身を包み、狼の頭部をしたたくましいカルディフェン第一王子は、どこから見ても立派な美丈夫だ。それなのに、孤高のフェンリルである見目麗しい自慢の息子が、現在どう見ても子育て真っ最中のお父さんに見えた国王は、なぜか白目をむきそうな気分になる。

（これは、保護者としての態度であるな？　決して、決して幼女に邪な思いを抱いているのではなく、保護者としての責任で……カルディフェンが首の周りを幼女にかかれて激しく尾を振っているのは、気のせいだな、うむ！）

ルディに向かって発せられる「ずるーい」という三重唱の声を無視して、無理矢理気分を落ち着かせてから国王は言った。

「このたびは、前国王に新しい料理を献上した功績で、青弓亭の料理人であるエリナ、並びにミメットに特別な褒賞を与えることが決定した。といっても、あまり大々的なものではなく、記念の品と上質な食材を仕入れてさらなる活躍をしてもらうための報奨金を幾ばくか、この場で渡そうというものなのだ。よって、緊張せずともよいぞ……全然緊張などしておらぬようだがな……ははは……」

国王の言葉は、ルディをモフるのに忙しいエリナと、なんとか彼女を奪い取って抱っこしようとする王族たちを冷たい視線で見るミメットを前にして、残念ながら尻すぼみに終わったのであった。

「さあカルディフェン、エリナを下ろしてちょうだいな。褒賞の記念の品をふたりに渡しますわ」

王妃がぱんぱんと手を叩いて言ったので、ルディはギルバートとフランセスの手が届かないところにエリナを下ろした。

従者が記念の品を運んできた。サランティーナ王妃は、お盆にのせて差し出された白い布に手を伸ばした。

「はい、見てちょうだい！　どう、素敵じゃない？　青弓亭だけに許された、紋章入りのエプロンなのですわよ！」

ぱっと開かれた白い布は、フリルのついたエプロンであった。しかも、胸の部分には、弓を持った猫のシルエットが描かれた紋章が、青い糸で縫い取られている。

「こっ、これは！」

ミメットが、緊張を吹き飛ばして叫んだ。

「姉さん、すごいです、青弓亭のオリジナルエプロンです！」

「こんなにカッコいい紋章を、あたしは見たことがないよ」

「うふふん」

驚いたふたりの顔を見て、王妃はドヤ顔をした。

「これからは、これを身につけて働くのですよ」

ふたりの従者が進み出ると、あっという間にエリナとミメットにエプロンをつけた。

「しかも、この青いワンピースドレスにコーディネートされているなんて、かなりセンスがいいね」

「なるほど、このドレスに合わせて、初めて完成するスタイルなんですね！」

動きやすくて着心地のいいワンピースドレスに、紋章入りの白いエプロンをつけたふたりの猫は、サランティーナ王妃に促されてその場でくるっと回り、「素敵、素敵ー」と歓声をあげた。

「可愛いのう、ふたりともとてもよいのう」

「うんうん、似合ってるね。青弓亭の看板娘コンビにぴったりだ」

「うふふふんっ」

ギャラリーに褒められて、王妃はものすごいドヤ顔になってそっくり返るのであった。

と、ミメットがはっとして立ち止まった。

「こんなに高級な服をいただいて、料理中に汚してしまったら……」

調理の仕事は、いろんなものが飛び散るので服がすぐに汚れるのだ。

しかし、心配するミメットに、王妃は笑顔で言った。

「心配はいらなくてよ。ほら、こちらに換えの服も用意してありますの。もちろん、必要とあらば、もう百着くらい縫えるように布地の確保もさせてありましてよ」

「母上、さすがです！」

三人の従者が現れ、その手にふたり分のエプロンとワンピースを持っているのを見て、フランセスは感心して言った。

「ふたりとも、汚れなど気にせずに思う存分着替えて、これからも素晴らしい料理を作るとよろしいわ」

「王妃陛下、ありがとうございます」

「ありがとうございます」

ミメットとエリナが頭を下げた横で、影が薄くなってしまった国王は「サランティーナにいいところをすっかり持っていかれてしまったな……わたしが褒賞を与えたのになあ……」と、遠くを見つめながら呟いた。


気を取り直した国王の指示で、ミメットが報奨金を受け取ると、ルディと青弓亭のふたりは今度は王宮の厨房に連れていかれた。

そこでは、王宮の料理人たちがずらりと並んで、ふたりを出迎えた。

「こちらに指示のあった材料をすべて用意しておきました。それでは、我々はこれで……」

厨房からぞろぞろと出ていく料理人たちを、エリナは「待ってください！」と引きとめた。

「どうして行っちゃうんですか？」

服の端っこを、あどけない瞳の子猫に摘まれた料理長は、困った顔をした。

「手伝ってやりたいが、お嬢さんたちは、特別な料理を作るんだろう？　我々がいたら、レシピを知られてしまうじゃないか」

「はい、知られていいですよ」

「そうだ、だから……え？　知られていいと言ったのか？」

「言いました。だって、覚えてもらわないと、ギルおじいちゃ……じゃなくて、前王陛下？のために王宮でハンバーグが作れないでしょう」

「いや、しかし、秘密のレシピがどこから漏れるかわからないんだから、なるべく知っている者は少ない方がいいとは思わないのか？」

料理長の言葉に、エリナは首を傾げた。

「レシピが漏れても別にかまわないですよ。だって、歯が悪くなって、お肉の塊を食べられないお年を召した方は、他にもたくさんいるでしょ？　そんな人たちのためにも、むしろこのハンバーグの作り方が広まるといいなって思うんですけど……ミメット姉さん、そうでしょ？」

キジトラ猫のミメットは、力強く頷いた。

「ああ、もちろんさ！　料理を作り出したエリナがかまわないって言うなら、レシピをうちだけで独占するつもりなんて毛頭ないよ。だいたい、王都中のハンバーグを食べたい人に行き渡る量をうちだけで作るなんてことは無理だからね。まあ、うちの味はうちでしか出せないと思うし、レシピが広まって、それぞれの店や家で、それぞれのハンバーグを作ればいいんじゃないかな」

「わたしもそう思います」

それを聞いた王宮の料理人たちは「このふたりは、なんて心が広いんだ！」と感動でむせび泣いたのであった。

それから、ふたりはテキパキと指示をしながらハンバーグ作りに取りかかった。

「材料はたっぷりあるし、みんなが食べられる分を作っちゃっていいよね？」

エリナがミメットに尋ねた。

「ああ。これだけ用意されているんだから、きっとかまわないさ！　ねえ、ルディ」

「まかないの分を作ったくらいじゃスカイヴェンの国庫は傾かないから、安心して作ってくれ。もちろん、俺も味見をする」

そして、ミメットが包丁を握って大変な勢いで挽き肉を作る様子に「おおおーっ」と感嘆の声があがり、腕に覚えのある料理人が負けじと挽き肉作りに参加して、さらにエリナの説明を皆でメモに取る。

「こうして、真ん中をくぼませまーす」

「了解でーす」

こうして、〝子猫のお料理教室〟が無事に終わり、王宮の厨房では大量のハンバーグが美味しそうに焼き上がった。

「エリナさん、ごはんが炊き上がりました」

料理長に声をかけられたエリナが鍋の中を確認する。

「……はい、一粒一粒お米が立っていて、うまく炊けていますね。この、底のおこげが香ばしくて美味しいので、うまく分けてくださいね。ソースはできていますか？」

「はい、付け合わせの用意も大丈夫です」

エリナが大好きなミルクスープもたっぷり作られて、ハンバーグ定食が完成した。

王宮の晩餐《ばんさん》室では、国王夫妻とギルバート、そしてフランセスがテーブルに着き、いい匂いを振りまくハンバーグ定食を待ちかねていた。

そして、出来上がった料理が厨房から運ばれ、全員の分が配膳されると、「ありがたき糧を！」と言うや否やナイフとフォークを手に取った。

「……なんと！　これはうまいな！」

肉汁の溢れるハンバーグを口に入れた国王は、もぐもぐ噛んで飲み込んでから、感心して言った。

「なるほど、父上とフランセスが絶賛するだけある。こんなにもやわらかくて食べやすいのに、ステーキを食べたのと同じくらいの満足感があるぞ」

「いい牛肉をたっぷり使って作りましたからね、お肉の味が生きているんです」

エリナが説明をした。

王家のメンバーだけではなく、ルディも、作ったエリナとミメットも一緒のテーブルに着き、ハンバーグに舌鼓を打っていたのだ。

「スカイヴェン国のお肉は、本当に美味しいですからね。旨味が凝縮されているし、やわらかいし、焼いてもジューシーですから」

うまうまとハンバーグを食べるエリナに、フランセスが「エリナちゃんの国のお肉は硬いのかい？」と尋ねた。

「え？　わたしの国ですか？　そうですね、わたしの国のお肉は……」

エリナは、色が変わった値下げ処分の挽き肉や、少ない肉を増量するために加えた消費期限を過ぎた豆腐を思い出した。少ない給料と深夜のバイトでやりくりしていたエリナは、値引き品の食材を使って自炊していたのだ。

「わたしの口に入るお肉は……古くて色が少し変わったものが多かったので」

「古くてって、それはもしかすると、肉が傷んでいたということじゃない？」

フランセスは驚いて言った。

彼は王太子であるが、お忍びであちらこちらに行って庶民の暮らしを見ているため、食材についてもよく知っていた。このスカイヴェン国では国による福祉も行き届いている上、美味しい食材が豊富にあるので、たとえ収入の少ない家庭でも、傷んだ食品を口に入れるなどということはないのだ。

「……はい、傷む寸前でした」

エリナは、日本での貧乏な生活を思い出して、暗い表情になって食事の手を止めた。

「わたしの世界のお金をたくさん持っている人は……黒毛和牛《くろげ》の霜降《しもふ》りとかっていう美味しいお肉はあったみたいですから、そういうのを食べていました。わたしはひとりぼっちでお給料も少なくて、贅沢なんてできなかったんですけど……でも、食べ物があるだけましだったよね……」

エリナは、いくら働いても報われない生活を思い出して、暗い気持ちになっていった。

「あの頃のわたしは、キャベツの外側の硬いところをもらったり、見切り品の玉ねぎを使って料理して……お肉は高いから、あんまり食べられなくて……それが、今は毎日こんなに美味しいものを食べられて……綺麗な服を着せてもらって……お料理をするとみんなに褒められて……寝る時は寒くないし……ひとりぼっちじゃないんだ……」

エリナは、ハンバーグを見つめながら独り言を言っていた。彼女が呟く内容に、その場にいた者たちは凍りついた。

「あれ？　わたしはもしかして、夢を見ているのかな。これはみんな、わたしが作り出した幻なのかなあ……」

エリナは虚《うつ》ろな瞳で呟く。

「そうなのかも。そうだよね、わたしがこんなに幸せな暮らしをできるはずがないもんね。もしかすると本当のわたしは、もうこの世にはいなくて……わたしはもう……どうしよう、この夢が覚めたらどうしよう、この……」

「エリナ！」

彼女の様子に異変を感じたルディは、素早く立ち上がると、エリナを抱きしめて軽く揺さぶりながら言った。

「しっかりしろエリナ、これは夢ではないぞ！　なにを思い出したのかわからないが、今お前はスカイヴェン国にいるんだ、青弓亭のエリナなんだ！」

「青弓亭の……エリナ……」

エリナは、ぼんやりした瞳でルディを見た。

「そうだ。青弓亭の料理人であるお前のうまい料理を食べに、毎日たくさんのお客がやってきているじゃないか。それは、お前がスカイヴェン国で成したことの結果なんだ。そしてみんな、毎日がんばっているお前のことが好きなんだ、お前のことを、幼いのによく働く立派な子猫だと思って応援しているんだ。エリナはひとりぼっちなんかじゃないし、ここは夢の世界ではない」

「ルディさん……夢や幻じゃないの？　みんなは、スカイヴェン国の人たちはちゃんといるんですね？」

「いる！　俺たちはいつもお前のそばにいる。だから、そんな目をするな」

「……はい」

「エリナ！」

今度はミメットが、まだぼんやりしているエリナをルディの腕から奪い取った。

「あんたがどこから来たとか、過去になにがあったかとか、そんなことはどうでもいいんだよ。あんたはみんなの役に立っているし、あたしを助けてくれた立派な猫なんだ。ルディの言う通り、あんたのことをみんな大好きだし、気にかけているんだよ。そんなあたしたちを幻だなんて言わないでおくれよ、そんなことを言われたら悲しくなっちまうからさ……」

「ミメット姉さん……わたし……ごめんなさい……」

キジトラ猫の目が潤んでいるのを見たエリナは、ミメットにしがみつくと涙をぽろりとこぼしたのだった。

「ごめんなさい、わたしったら変なことを言ってしまって……」

「謝らなくていい。エリナ、大丈夫だ、大丈夫だからな」

ルディは再びエリナを抱き取ると、震える子猫を抱きしめた。

「いつも笑顔で前向きなエリナがそんなことを言い出すのは、俺たちに心を開いてくれたからじゃないのか？」

そう言われて、エリナははっとした。

（わたしったら、ルディさんやミメットさんや、優しくしてくれる王家の皆さんたちに甘えて、つい心の奥にあったことを出しちゃったんだ。恥ずかしい……）

今度は真っ赤になったエリナに、ルディは優しく言った。

「嫌なことは思い出すな、というのは無理かもしれない。でも、不安な気持ちになったらひとりで我慢せずに、俺たちに甘えていいんだ。お前はもうひとりぼっちではなくて、青弓亭のエリナなんだからな」

思いがけずにエリナの心の闇を覗いてしまった王家の人たちは『この子猫は、今まで誰にも守られず、予想以上の苦労をして生きてきたらしい。こんなに幼く、よい子猫なのに……』と不憫に思い、胸に込み上げる感情を抑え込むのに苦労した。

そして、この世界で唯一のフェンリルという存在であるカルディフェン第一王子が、彼女に特別な想いを抱いていることに納得した。

しっかりしているように見えるエリナが持つ〝危ういなにか〟を、ルディも持っている。彼らはそう感じているのだ。

常日頃からエリナを見守るルディは、彼女の過去が厳しいものであったことに薄々気づいていた。そして、それを癒やしてやりたいと思っていた。

（不思議な出会いだったし、どこからやってきたのかわからないが、エリナは決して悪い子ではない。それどころかいつも努力をして、一生懸命に生きる健気《けなげ》な子猫だ。しかも、幼い身なのに、他の者に対して思いやりの心も持っている。俺は、そんなエリナのことを守って幸せにしてやりたい。エリナはこの世界でひとりぼっちで生きているわけではないことを、教えてや

りたい）

過去を思い出して、不安な気持ちを漏らしてしまったエリナを、その晩のルディは文字通り包み込んだ。

モッフモフのフェンリルの身体で。

「ふわあああ、夢なら覚めないで！」

暖かく包み込む白銀の毛皮に埋もれたエリナは、すっかりとろけた顔で幸せに浸っていた。

（この世の天国！　もう、生きてるか死んでるかなんて、このモフモフの前では些細な出来事なんだ！）

そんな幸せそうなエリナの顔を見て、ルディは満足げに言った。

「ははは、夢ではないぞ。さあ、俺の尻尾にくるまるがよい！」

「フェンリル様、最高の毛皮です！　この世の奇跡なのです！　モフモフの頂点に立つ存在です！」

「そうか、よし！」

すっかりご機嫌のルディは『今ほどフェンリルに生まれてよかったと思った瞬間はない！』と胸を張ってエリナを包み込み、エリナはつらい過去などどこかに吹き飛ばして、気持ちのいい夢の世界に旅立ったのであった。

ギギリクの帰還

忙しいが楽しい青弓亭での日々が過ぎていった。

食堂に来るお客は、警備隊員だけではなく、一般の王都の民や冒険者稼業の者たちで毎日いっぱいになっていた。

あまりに繁盛しすぎて、警備隊員は遠慮をしなければならなくなったほどだ。

「参ったね。エリナちゃんの料理はボリュームがあってとびきり美味しいから、毎日食べたいくらいなのに」

狐のサファンは、飴の入った包みを「おやつにお食べよ」とエリナに渡して、頭を撫でながら言った。

「すみません。もっとたくさんの数をお出しできればいいんですけれど」

エリナが耳をへにょっとさせると、彼は「無理はしなくていいんだよ。美味しい食事をみんなで分け合えるというのもいいものさ」とウィンクをして、仕事に戻っていった。

「サファンさんは、優しいですね」

エリナの言葉にミメットも頷いた。

「そうだね。荒仕事が多い警備隊員にしては物腰やわらかだし、子どもや女性にも人気があるらしいよ」

ミメットは「でも、一番人気はルディ隊長だけどね」と笑いながら付け加えた。

頼り甲斐のある隊長は、頭部がいつも狼なのも相まって、精悍でカッコいいと評判なのだ。

夜の定食がすべて売り切れて、ミメットとエリナは店じまいする。

酒を飲ませる店はまだこれからがかき入れ時なのだが、若い娘（しかも、ひとりはどう見ても幼女）で切り盛りする青弓亭では飲み物はレモン風味の水しか出さないので、飲みたい者は酒場に移動するのだ。

「隊長が迎えに来るまで、お茶でも飲んでいようよ」

「はい」

警備隊員たちも飲める店に行ってしまったので、ふたりきりでルディを待つ。

隊長である彼は、時には一般の隊員とは別にこなさなければならない仕事もあるので、遅くなることもあるのだ。

「メニューのことなんだけど、どうする？」

「そうですね……今は、カツレツ定食と生姜焼き定食があっという間に売り切れてしまう状態ですよね。新しいメニューを加えるのは、もっと落ち着いてからの方がいいんじゃないかと思います」

接客はセルフサービスが定着していて、ふたりは調理とお勘定だけをすればいいため、余裕が出てきている。しかし今の儲けで充分食べていけるので、無理に収入を増やす必要はないとミメットは考えていた。

「これ以上手を広げると、遅くまで店をやらなければならないし、人手も増やさなきゃいけなくなってくるからね。そう大きな店でもないし、今の売り上げを維持していきたいんだよ」

もともと、兄のギギリクが戻ってくるまでの繋ぎ営業だったのだ。

「そうですね。しばらくはふたつの定食を回して、たまにハンバーグ定食を出すようにしましょう」

ハンバーグ定食は手間がかかるので、価格を高く設定して数も減らしているのだが、それが人気に拍車をかけ、開店前に完売してしまうのだ。エリナが作った木の整理券がここでも役に立っている。

「このエプロンで、王家の御用達の店になっちゃったしね。おかげで変な客が来ないのはありがたいけど……」

「明らかにお忍びの貴族さんが、ちらほら来ますよね」

「うん」

そうなのだ。まあ、黒豹のヴォラットも狐のサファンも、らしくないが熊のアルデルンも一応は貴族なのだが、さらに位の高い貴族たちもスカイヴェン国王お墨付きの定食を食べようと、ハンバーグ定食を狙ってやってくるのだ。

ちなみに、宰相であるヴォラットの父も、ハンバーグ定食の情報を息子から聞いて、ちゃっかり初日に食べに来た。

丸くて黒い豹の耳ですぐにわかったミメットは、にっこり笑って「いつも息子さんにお世話になってます！」と元気に挨拶をしていた。

王家のメンバーと仲良くランチをしてしまった今では、ミメットに怖いものはないのだ。

今後の方針についてふたりが話していると、入り口の扉が開いた。

「あ、ルディ……ええっ！」

「よっ」

てっきり狼隊長だと思っていたふたりは、入ってきた背の高い男性を見て固まった。

冒険者に見える彼に、ミメットが椅子から勢いよく立ち上がって言った。

「……ギギリク兄さん！」

「え？」

エリナは、男性とミメットの顔を交互に見た。

「あれ、服を作ったのか？　なかなか可愛いな」

「ち、違うでしょ、兄さん！」

「あ、そうか。ただいま」

「お帰り……いや、そうじゃなくってさ！」

「うん？　おう。初めまして。可愛い子猫のウェイトレスを雇ったんだな」

「そうでもなくってさ！」

「お土産か？　お土産が欲しいのか？　まったく、いつまでたってもミメットはお子様だなあ、あはは」

「……いや、もういいわ……」

ミメットは再び椅子に座ると、テーブルにぐたっと突っ伏した。

「待たせたな。って、おい、ギギリクじゃないか！　いつ帰ったんだ！」

仕事が終わってエリナを迎えにやってきたルディが、店の中にいる男性に近寄ると背中をぱんと叩いた。

「ルディ隊長！　お久しぶりです！」

「おう！　元気そうだな。お前、帰るならそうと連絡しろよ、だいたい旅の途中で手紙のひとつも寄越さないとは何事だ？　妹が心配じゃないのかお前は！」

「いやだって、王都にいれば警備隊のみんなも隊長もいるし、絶対安心じゃないですか。郷里の方には手紙をたまに……二通、あれ？　なんか、出してましたよ、うん」

「お前なあ……」

ルディは、ギギリクを小突いた。

「こっちにもあっちにも、ちゃんと連絡をしろ。この店を守るために、ミメットがずいぶんとがんばったんだぞ、わかってるのか？」

「はい、すみません。ミメット、ごめんな？」

ひょろりと背の高いギギリクは、憎めない笑顔で頭をかいた。

「ところで、その小さなお嬢さんは……」

固まっていたエリナは、ギギリクの視線を受けて椅子から飛び降りた。

「こんばんは。青弓亭でお世話になってます、エリナといいます」

「この子は俺が後見している子猫だ。こう見えても、凄腕の料理人だぞ」

ルディの言葉を聞いたエリナが両手をパタパタ振って「いえ、そんなっ」と慌てていると、ギギリクはにかっと笑った。

「ほほう、これはお見それした。俺は山猫のギギリクだ。ミメットの兄で、この店の料理人をしている……というか、していた、かな？　よろしくな」

「はい、よろしくお願いします」

エリナはひょこっとお辞儀をしながら、心中は穏やかではなかった。

（まさか、こんなに早くギギリクさんが帰ってくるなんて）

青弓亭の本来の料理人が戻ってきたので、エリナの立場は微妙なものとなる。

（店長がいるなら、わたしはもう用済みになっちゃうのかな……）

この世界での働き場所を見つけ、軌道に乗ってきたところなのに、いったいこれからどうなるのだろうと、エリナの胸の中で心配の塊がずしりと重い石となった。

「エリナ、心配しなくていいよ」

ミメットが、元気のなくなった子猫の頭を撫でながら言った。

「〝食材探究の旅〟に勝手に出ていって、ろくに連絡も寄越さない兄さんが帰ってきても、この青弓亭を任せるつもりはないからさ。明日も通常営業でいくよ」

「でも……」

エリナは不安そうにミメットを見た。

「兄さん、この店を今預かってるのはこのあたしだ。悪いけど、ちゃんと話し合うまでは、このままあたしに任せてもらうよ。いいね？」

「ミメット……」

「今の青弓亭では、エリナとあたしが料理を作っていて、それを求めるお客がちゃんとついているんだ。兄さんの料理を待つ人もいるだろうけど、まずはこっちを優先させてもらうからね」

「お前は……」

ギギリクは立派な尻尾をぶんぶんさせると、「ちょっと見ないうちに、ずいぶん立派になりやがって！　兄ちゃんは、兄ちゃんは、嬉しいよおおーっ」と感激の面持ちでミメットに抱きつこうとして……くるっと投げられた。

「……なあミメット、久しぶりに会った兄ちゃんに、これはひどくないか？」

「ひどくないね」

兄をお尻にしいたキジトラ猫は、腕組みをしながら鼻をふんと言わせた。

「なるほど。エリナがミメットに料理を仕込んでくれたわけか」

ミメットのお尻の下から救出された山猫は、ミメットの製造する〝外は炭で中は生〟という料理のひどさと、そこから王家御用達の料理を作れるようになるまでエリナが指導したことを聞いて、彼女の前に屈んで顔を覗き込んだ。

「エリナ、ありがとう。俺の留守にこの店が潰れなかったのは、ひとえにエリナのおかげだ。それと、警備隊員の腹の強さと、熱い友情と……」

「エリナがいなかったら、その友情も尽きてしまったかもしれないよ。なんたって、あたしの料理は、それはひどいモノだったからさ、あはははは」

「……ああ。笑いごとじゃないくらいに……ひどかったからな……」

ルディの言葉を「あはは、あははははっ」と必死でかき消すミメット。

「とにかくだね、今はたくさんのお客さんに並んでもらえるほどの料理を、あたしたちで出してるんだよ。ってことで、話は明日にして、小さな子猫はもう寝る支度の時間だよ」

「そうだな。寝不足になってエリナが大きくならなかったら大変だ」

保護者モードになったルディはエリナをひょいと抱えて「ギギリクもゆっくり休めよ。じゃあ、また明日な」と片手を上げて、店を出ていった。

ギギリクも片手を上げて「また明日……」と言いつつ、ルディの後ろ姿をなんとも言えない顔で見送った。

「……隊長が、子育てか」

「エリナは見かけによらず、しっかりした子猫なんだ。いろんな事情があるみたいなんだけど、あまり子ども扱いはしない方がいいよ。大人並みに頭がいいとみなした方がいいね」

「そうか。不思議な子猫だな」

「うん。そして、青弓亭の救世主さ」

「救世主？　あははは、それはまた大袈裟な……」

最初は笑っていたギギリクだが、エリナが変わった料理をミメットに教えただけではなく、店の経営についてもしっかりした意見を持ち、さらに王家の皆まで料理（そして、エリナの可愛さ）の虜にして褒賞をもらった顛末《てんまつ》を聞くと、驚いて目をむいた。

「それは本当の話か？」

「この上質な特製ワンピースとエプロンを見てよ。この刺繍は、王妃様が考案してくれた青弓亭の紋章なんだよ！　つまり、この店は、今や王族様の御用達のお店ってことさ」

「なんてこった！　青弓亭が、紋章付きの店になっちまったのか！」

「そうだよ。前王陛下や王太子殿下が、エリナの〝ギルおじいちゃん〟と〝フランお兄ちゃん〟になっちまうし、もう大変だよ」

「……そんな……まさか……」

言葉を失ったギギリクは、心の中でこんなことを考えていた。

（つまり……エリナは隊長の嫁なのか？　それはまずくないか？　しっかりしているというが、あれはどう見ても幼女だぞ？　隊長は番が見つからないあまりに、成人女性を諦めてそっちの道に走ってしまった……のか？）

帰宅したギギリクにとって、青弓亭の変化よりも、尊敬する隊長の〝人としての道を踏み外してしまった疑惑〟が一番ショックであった。


その晩、エリナは青弓亭店主の帰宅によって、もしかすると仕事を失うかもしれないという心配で眠れぬ夜を過ごした……のかと思いきや、素晴らしくモフモフしたフェンリルの尻尾に包まれたら、悩みなどすべて吹っ飛んでしまった。

（ああこれは、人が駄目になる尻尾だ！）

なにを失ってもモフモフがあれば生きていける。それが真のモフモフスキーなのである。

自分の尻尾の中でぬくぬくと温まり、「むふん」と幸せそうな顔で眠るエリナを見てルディは思う。

（この子猫には料理の才能がある。エリナは人を笑顔にする料理が作ることができるのだから、それを伸ばしてやりたい。青弓亭のような小さな店に料理人は三人もいらない。となると、店を一軒持たせるしかないか？　いや、まだ店を持つには小さすぎるから、その場合はしっかりした大人が共同経営する必要がある。ミメットを引き抜くか？　ギギリクが戻ってきたことは、王家の者の耳にすぐに入るだろう。となると、エリナの料理を食べたがる王族のわがままで、王宮の厨房に閉じ込められてしまいそうなのが心配だな……）

孤高の妖精獣フェンリルの心の中は、心配性のお父さんそのものであった。

カレーライスを作りましょう！

翌朝も、エリナとルディはいつものように青弓亭に行った。

今は夜の営業だけで充分店をやっていけるのだが、美味しい朝ごはんを廃止しないでほしいという警備隊員の要望で、朝食の提供は続けているのだ。

「今朝は、たくさんお客さんが来そうですね」

「全部の隊員が来かねないからね、仕込みは多めにしておこうよ」

エリナとミメットは、せっせと朝食の準備をした。

そんなふたりの様子を「これは驚いたね！　手際がいいなあ」などとのんきに眺めているのはギギリクだ。ミメットに手出し無用と言われたため、ルディと一緒にテーブルに着いて待っている。

「ミメットもやればできるんだな。さすがは俺の妹だ」

感心する山猫に、ルディは『エリナが来る前に俺たちがどんな朝食を食べていたのか、こいつの口に突っ込んで教えてやりたい』と心の中で呟いた。

「隊長、留守の間は世話になりました」

「おう。どうだ、旅の成果は？」

「はい、いろんな食材や料理に出逢えました。特に、香辛料はいいものが手に入りましてね」

ギギリクは、保管庫に向かうと、袋を持って戻ってきた。

「薬にもなる香辛料を使って、健康にいい料理を作っている国もあったんですよ。ほら、これなど、独特の香りがして鮮やかな黄色でしょう？　その国では、こんな風に混ぜ合わせた粉を、シチューに入れるんです」

ギギリクは香辛料の塊と、配合された粉をルディに見せた。

「ううん、俺にはよくわからんな」

「俺ももっと勉強しないと、使いこなせないと……」

その時、エリナが叫んだ。

「カレーの匂いがする！」

「カレー、だって？」

呟くギギリクのところへ、下ごしらえがひと段落したエリナとミメットが、鼻をふんふんさせながらやってきた。

「変わった香りのスパイスだね。初めての匂いだけど、なんだかお腹が空いてくる不思議な匂いだよ」

ミメットはカレーの存在を知らないのだが、この独特の香りが気に入ったらしい。

「わあ、これはまさにカレー粉です！　ギギリクさん、旅先でカレー粉を買ってきたんですね、これでカレーライスが作れますよ！」

日本人のソウルフードとも言えるカレーライスが食べられるとあって、エリナは喜びに耳をぴこぴこさせて言った。

「スカイヴェン国のお肉は美味しいから、豚の塊肉をゴロゴロ入れたカレーがいいなあ。もちろん、にんじんと玉ねぎとじゃがいももたくさん入れて！　あ、福神漬けも欲しい……なにか似たような漬け物を作りたいな」

頭の中がカレーライスだらけになってしまって、ひとりで喜んでいるエリナに、ギギリクは尋ねた。

「カレーコ？　カレーライス？　エリナはこの香辛料を知ってるのかい？　これ、かなり遠い国から持ってきたんだよ。カレーコって名前だったんだね」

「かなり遠い国から……」

（日本から？　ううん、そんなことがあるはずないよね。この世界にもカレー料理を作る国があるってことだ。醤油や味噌も作られているんだから、不思議はないよね。ごはんもあるし！今夜はカレーが食べられるかな？　うふふ、久しぶりのカレー、楽しみだなあ……）

三人はエリナの百面相を見守り、『この子、大丈夫かな？』と顔を見合わせた。

さて、今朝の朝定食は、ベーコンとスクランブルエッグであった。

エリナ特製の朝食は警備隊員だけが食べられるとあって、店内はかっちりとした制服に身を包んだ男性たちでむんむんしている。

「ギギリクさんもどうぞ」

初めて朝定食を食べるギギリクに、隊員たちは「食べて驚け！　ミメットは腕を上げたんだぜ」「これを食べないと力が出ないんだよな」と口々に声をかける。

「うん、これはうまい。厚切りベーコンのよさを引き出した、いい焼き加減だ」

ギギリクは満足そうである。

兄に褒められて、ミメットはくすぐったそうな顔をした。

「エリナの教え方が上手なんだよ。おかげで、最近は料理を作るのが楽しくなってきちゃってさ。今はこの仕事が大好きで仕方がないんだ」

胸に紋章の入った白いエプロンを着て、嬉しそうに尻尾をぴこぴこ動かすミメットを見て、ギギリクは感慨深げに言った。

「いやまったく驚いたね。いつ冒険者に戻ろうかとうずうずしていたはずのミメットが、こんなに料理を好きになるなんて。エリナ、ありがとう。礼を言わせてもらうよ」

「いいえ、お礼を言うのはこちらです」

ミメットとお揃いのエプロンをつけた可愛い子猫は、精悍な山猫にぴょこんと頭を下げた。

「仕事を探していたわたしを快く雇ってくれて、料理を任せてくれたんです。それに、ミメットさんの包丁さばきはすごいんですよ！　ミメットさんのおかげで、わたしは作りたい料理が作れるし、たくさんのお客さんに喜んでもらえるんです」

「んもう、エリナったら！」

ミメットは、エリナを抱き上げて頬ずりした。

「本当に可愛い子猫なんだから！　エリナがいなかったら、あたしは毎日半分炭になった生肉しか作れないままだったよ！」

「あはははは、ミメット、そりゃ大変だな！　……さすがにそれは……え？」

ギギリクは冗談だと思って笑い飛ばそうとしたが、暗い瞳で彼を見つめる警備隊員たち――半分炭になった生肉経験者の視線を受けて、言葉を切った。

「まさかな、まさか、大袈裟な冗談ではなくて、本当に……？」

隊員たちは素早く目を逸らすと、口々に言った。

「いやー、エリナが来てから、毎日美味しい朝飯が食べられて、ありがたいな」

「ああ、本当にエリナには感謝してるんだ！」

「うんうん、今の青弓亭は、料理がうまい、いい店だものな」

「うわ……す、すまない……」

やたらと明るい言葉をかけられたギギリクは、自分が旅に出ている間になにが起きていたのかを今さらながら自覚して、身体を小さくした。

「そうだ。エリナがこの香辛料を使って料理してみないか？　その、〝カレーライス〟という食べ物を」

エリナは、ギギリクの言葉を聞いて驚いた。新しい香辛料を手に入れた料理人が、その初めての料理を他の者に譲るなどとは思えなかったからだ。

「わたしが？　でも、そのカレー粉はギギリクさんが旅先で見つけて、大切に持ち帰ってきたものですよね。それを最初にわたしが使ってしまっていいんですか？」

すると、ギギリクは笑った。

「もちろん、俺も俺なりの料理を作るつもりだよ。だけど、エリナはこの香辛料をよく知っているんだろう？　俺は、使い慣れた者が作った料理に興味があるんだ。どうだ、作れるか？」

「もちろんです！　カレーライスは基本的なメニューですが、最強のメニューでもあるんですよ。わたしも大好きな料理なんです」

それを聞いたルディは、瞳をキラリと光らせながら「そいつはうまいのか？」と尋ねた。

エリナは大きく頷いた。

「はい、とても美味しくて人気の料理です。特に旨味の強いスカイヴェン国のお野菜やお肉を使って作れば、食べた人は間違いなくお代わりをすると思いますよ」

「そ、そんなにうまいのか？」

「食べたいなあ、そのカレーライスとやらを」

「ああ、食べてみたい！　ぜひぜひ食べてみたい！」

するとクールな黒豹で宰相の息子であるヴォラットが、目を細めて提案した。

「ミメット、今夜は青弓亭を警備隊で貸し切りにして、その新しい料理のお披露目会をするというのはどうだ？　そして、ついでにギギリクの帰還祝いもしてやろう」

「おいおいヴォラット、俺はついでなのか!?　この店の店主は俺なんだから、形だけでも俺の帰還祝いをメインにしてくれよ」

すると、ヴォラットは「じゃあ、形だけな」とあくまでもクールに締めて、今夜のカレーパーティーが決定したのであった。


朝食を取った隊員たちが出勤すると、三人はカレーライス作りの準備に取りかかった。

「それじゃあ、今日は基本の豚肉のカレーを作りましょうね。難しい料理ではないので、ミメットさんもギギリクさんもすぐに覚えられると思いますよ。その後に、応用の仕方もお話ししますね」

「すぐに覚えられるって、そんな」

ギギリクは動揺してエリナとミメットの顔を見比べた。

「スカイヴェン国では珍しい料理なんだろう？　それを、簡単に俺たちに教えていいのか？貴重なレシピだろうに」

するとミメットがおかしそうに言った。

「兄さん、エリナはいつもオリジナルレシピを快く公開しているんだよ。この前なんて、前王陛下が絶賛したハンバーグのレシピを、こともあろうに王宮の料理人に教え込んで来ちまったんだから！」

「なんだって？　褒賞までもらったという貴重なレシピを？　なんて欲のないことを！」

驚くギギリクに、エリナは不思議そうに首を傾げた。

「わたしは、美味しい料理をみんなで美味しく食べたいって思うんです。それに、レシピが同じでも、料理って作る人の味になるでしょう？　だから、みんながそれぞれのハンバーグを作って、楽しめたらいいなって思うんですよ。王宮のハンバーグと青弓亭のハンバーグは微妙に味が違うからって、時々ギルおじいちゃんがここまで食べに来ています」

「ぎ、ギルバート様が？　なんてこった！」

「どうだい、この子猫は只者じゃあないだろ？」

得意そうに言うミメットに、ギギリクは頭をかきながら「あはは、こいつはもう、参ったなあ、本当に参りました」と笑った。

カレーの材料を市場で買ってくると、さっそく仕込みが始まった。

警備隊の騎士たちが本気でカレーを食べたらどうなるのか、エリナには予想がついたので、大量の野菜と肉が買い込まれた。青弓亭の大鍋を使ってカレーを煮込むのだ。

「まずは、玉ねぎを切ります。ルーに使う玉ねぎは粗いみじん切り、具にする分は櫛形に切ります」

ギギリクとミメットは、エリナの指示で玉ねぎを切り始める。

「ふっ、この包丁さばきを見よ！」

「甘いよ兄さん、あたしは包丁使いも〝旋風〟さ！」

ベテラン料理人と旋風の剣士は、あっという間に玉ねぎを切ってしまい、エリナを驚かせた。

「ええと、にんじんはカラフルな具なので大きめに切り、キノコは石付きを落とします。完熟トマトは潰して、ピーマンとパプリカは粗みじん切りにしてください……わあ、ふたりとも速すぎです！」

もはや〝下ごしらえマシーン〟と化したようなふたりの刻みっぷりに、エリナは思わず「ふわあっ」と感嘆の声を漏らす。

「えと、お肉、お肉を切ります！　ほとんどは角切りにして、存在感のある具にしますが、一部は薄く切ってお肉の旨味を出します」

この世界にはコンソメキューブという便利なものはないので、肉の旨味を直接使うのだ。これは、旨味の濃いスカイヴェン国の肉だからできる料理法だ。

「それでは、まずはお肉の表面を焼いていきますね」

大鍋に油を入れて、大きく切った肉を次々と焼いていくエリナに、ミメットが「なんでそんなことをするんだい？　そのまま煮込んじゃえばいいんじゃないの？」と尋ねた。

「そうすると、お肉の旨味が逃げてしまうんですよ。こうやって表面を焼き固めることで、お肉の美味しさが閉じ込められるんです。で、こっちの薄く切ったお肉は逆に、旨味を外に出してカレー全体を美味しくする役目があるんですよ」

「へえ、そうなんだね。切り方によって役目が変わってくるなんて、思いつきもしなかったよ。あたしは、肉料理は火が通って食べられればいいって考えてたからね」

「仕方ないさ、ミメットの料理は野営の時のものだからな」

ギギリクの言葉に、エリナは頷いた。

「焚き火での料理なら、火が通ることが第一ですよ。生の肉を食べて体調を崩したら、命にかかわる事態になりますからね」

そんなワイルドなミメットも、今では肉の旨味を生かす調理法を身につけているのだから、エリナの指導はたいしたものである。

「それでは、薄切り肉と具になる野菜をこの鍋で炒めて、油が回ったらお水とトマトを入れて煮込みます」

あく取りをギギリクに任せて、エリナはルー作りに取りかかる。

「フライパンで玉ねぎを飴色になるまで炒めます。真っ黒に焦がすと苦くなりますから、色がついたら混ぜる、を繰り返して全体がいい色になるまで炒めて甘みと旨味を出します」

玉ねぎと刻んだニンニク、生姜を、ミメットが炒める。その間に、エリナは「煮崩れないように、これは後から入れるんです」と言いながらじゃがいもをむいた。

丁寧にあくを取りながら具をぐつぐつ煮込んだ鍋は、肉と野菜の出汁が出ていい匂いをさせている。

「エリナ、玉ねぎがだいぶいい色になってきたよ」

「そうですね。それではここに、塩と隠し味の醤油、そしてカレー粉を入れて、さらに炒めて粉っぽさをなくします」

大きなフライパンだが、力のあるミメットは大量のルーの素を炒めていく。

「加熱したら、いい香りが立ってきたな」

あく取りを完了したギギリクが、カレーの香りを吸い込んでうっとりとなった。

「そうだ、この香りだ。食欲をそそるなあ」

「はい、本当に！　カレーの匂いはたまりませんね。まさかまたカレーライスが食べられるなんて……ギギリクさん、ありがとうございます」

「いや、やっぱり、美味しいものを作って喜んでもらえるってのが料理人としての喜びだからな」

子猫にお礼を言われた山猫は、少し照れながら言った。

エリナは具の煮込まれた鍋にじゃがいもを入れ、火が通ったら、フライパンのルーに煮汁を加えて伸ばしてから鍋に入れた。

「とろみがつくまで火を通したら出来上がりです。焦げつかないように、よく混ぜてくださいね」

やがて、大鍋いっぱいのカレーが出来上がった。

味見をしたエリナは小皿にカレーを入れると、ギギリクとミメットに渡した。

「これがカレーで、ごはんにかけるとカレーライスになります」

カレーを食べたミメットは「辛い、けど、美味しい！　なるほど、これはごはんにかけたくなるね」と言った。

「これは、とてもうまいが、旅の途中で食べたカレーコを使ったシチューとはちょっと違うな。あれにはこんなとろみはついていなかったし、パンをつけて食べていたよ」

「そうですか。わたしの国では、カレールーでとろみをつけて、ごはんにかけるのが主流でしたが、さらっとしたカレーにナンという名の平べったいパンをひたして食べる方法もありました。でも、わたしはやっぱりカレーライスが一番好きなんです」

エリナが言うと、ふたりとも「早くごはんにかけて食べたーい！　待ちきれない！」と口を揃えて叫んだのだった。

出来上がった大鍋いっぱいのカレーは、味を馴染ませるために夜まで寝かされた。

青弓亭の入り口にはお昼前から「本日は貸し切りです」という札が貼られたのだが、カレーの匂いを嗅いだ近所の人たちは「あんなにいい匂いをさせておいて、食べさせてくれないのか！」とがっかりした。

常連である隣の雑貨屋の若主人は、わざわざ顔を出して「ミメット、今日はなにを作っているんだ？　めちゃくちゃいい匂いがするんだけど……」と悲しげに訴えた。

「匂いだけで食べられないとか、切ないんだけどなあ」

「すまないな。今日は警備隊の集まりがあるんだよ」

「おう、ギギリク！　それじゃあ仕方がないな」

「旅先で手に入れた香辛料でエリナが作った、新しい料理なんだが……」

小皿で味見をさせてもらった若主人は「もう、これ、絶対にうまいやつだ！　頼むから、明日の夜は食べさせてくれよ」と、涙目になって帰っていった。

というわけで、夜には店いっぱいに集まった警備隊員たちのカレーパーティーとなった。

「こりゃあうまいな！」

「辛いのが尾を引いて、いくらでも食べたくなるぞ」

「ギギリク、お手柄だぞ！」

「よくぞこのスパイスを持ち帰った！」

「カレーライス、最高！」

すべての関心がカレーライスに向けられて、ギギリクは「おい、俺の帰還を祝ってくれる話はどこに行ったんだ？　くそっ、俺もお代わりしてやるからな！」と、がんがんカレーライスを食べたのであった。

「エリナ、いつもながらお前の料理は特別にうまいな。食べた者がみんないい顔になっている」

カレーライスを食べたルディが、エリナの頭を撫でた。

「ギギリクも、旅で見つけて持ち帰った香辛料を、こんなにうまい料理にしてもらえて喜んでいるだろう」

「はい」

カレーライスを食べたギギリクから、手放しで称賛されたエリナは嬉しそうな顔で言った。

「わたしの大好物をスカイヴェン国の人たちに受け入れてもらえて、嬉しいです。お料理っていいですね」

「そうだな。国が違っても、美味しい料理は人の心をひとつにする。素晴らしいと思うぞ」

ルディに優しく見つめられたエリナは、頬を赤く染めた。

「ルディさん……」

「なんだ？」

カレーライスを男たちが夢中になって食べている中で、エリナはそっとルディに言った。

「ギギリクさんが帰ってきたから、もしかするとわたしは青弓亭にいられなくなるかもしれません。他の仕事を見つけるまで、お金が手に入らなくなるんですけれど……ルディさんの家にまだ置いてもらえますか？」

「お前なあ……」

ルディが肩をがっくりと落としたので、エリナは動揺した。

（どうしよう、駄目なのかな？　無職になったら、わたしはお荷物になってルディさんに迷惑が……でも、そうなったらわたしはどこに行ったらいいの？）

顔を引きつらせて涙目になったエリナの頬を、ルディの手が両側から押さえて潰した。

「ふにゅうっ⁉」

「いいか、よく聞け。俺はエリナのことを家族だと思ってるし、お前がどんな状況になっても責任を持って面倒を見るつもりだ。だから、仕事がなくなるからどうしようとか、悩む必要はない」

「きゃ、きゃじょく？」

「そうだ、家族だ。まだちびっこい子猫のくせにつまらないことを悩むな。働き者のエリナが、好きな仕事をしたいのなら応援するし、金のために無理に働こうとするなら止める。はっきり言わせてもらうが、もういい加減、俺に心を許して甘えろ！　でないと、フェンリルになってお前を毛の中に包み込み、そこから二度と出してやらないぞ！　わかったか？」

「りゅ……りゅでぃしゃん……」

顔を潰していた手を掴んで外したエリナは、べそをかきながら「ありがとうございます」とお礼を言う。

強面隊長だが子猫には滅法甘い銀の狼は、エリナをぎゅっと抱きしめた。

「あ、そうだ。ちょっと言っておきたいことがある！」

ギギリクが、カレーライスの入った皿を手に立ち上がった。

「おう！　どうした？」

「カレーライスが青弓亭のメニューに加わる件か？」

「大歓迎だぞ！」

ギギリクは「そのこともあるんだが」と続けた。

「もちろん、このカレーライスは青弓亭でも出していきたいと考えている。しかし、ひとつ問題がある。俺の持ち帰ったカレーコには限度があるという点だ」

「カレーコとは、このカレーライスの材料なのか？」

上がった質問に、ギギリクは頷いた。

「残念ながら、直接買い付けに行かないと、このカレーコは手に入らないし、カレーライスも作れなくなってしまう。そこでだ。俺は直接カレーコを生産している国に行って、定期的にスカイヴェン国にカレーコが送られるように手配をしてこようと考えている」

「え？　ギギリクさんが、また旅に？」

エリナの言葉に、ギギリクは頷いた。

「そうだ。実は、俺が今回戻ったのは、ミメットと青弓亭の様子が心配だったからなんだ。だが、エリナが来てくれたので、俺は安心して旅の続きに出ようと決心した。この店はこのままエリナとミメットに任せたいと思う」

「兄さん、あたしはかまわないよ。エリナと一緒に青弓亭を盛り立てていきたい。今は、エリナとふたりで料理をするのが楽しくて仕方がないんだよ！」

「ギギリクさん、ミメットさん……」

目を丸くするエリナに、ふたりが笑顔で言った。

「エリナ、任せてもいいか？」

「頼むよ、これからもこの店で楽しく料理を作っていこうよ。ね？」

顔をくしゃりとさせて、エリナが返事をした。

「はい……はい！　これからも、よろしくお願いします！」

そして、子猫は今日も料理する

翌日、入り口に「本日はカレーライスです」と札が貼られた青弓亭には、たくさんの客が押し寄せた。

暴力的と言っていいほどの食欲をそそるカレーの香りで、前日の夜から王都の人々の心はカレーライスに対する欲求で黄色く染められていたのだ。

「俺の分まであるか？　あるよな？　あると言ってくれ！」

「ああ、早く食べたいなあ！」

ちなみに、列の先頭は隣の雑貨屋の若主人であった。

「おい、きちんと並べ。これから食券を配るからな」

カレーライスを求めてやってきた客は、狼隊長の手にある木でできた食券を食い入るように見た。

限定五十食の食券はすべて配られて、期待に満ちた客たちの手にしっかり握りしめられた。

そして、この日カレーライスにありつけた幸運な客たちにより、青弓亭のカレーライスの美味しさが王都中に広まり、青弓亭の看板娘ならぬ看板料理人たちには、またしても王宮から呼び出しがかかったのであった。

ギギリクは、急いでカレーコの手配をしなければと、数日後に旅立った。

大好評のカレーライスは、カレー粉がないと作れない。貴重な香辛料を使い尽くさないように、現在はカツレツ、生姜焼き、ハンバーグの定食とカレーライスを日替わりで作ることによってなんとかもたせているのだ。

彼は「ついでに、他にも珍しい食材や香辛料があったら送るからな！」と言っていたので、エリナとミメットは楽しみに待っている。

そして今日も、優しい人たちに見守られながら、青いワンピースドレスに白エプロン姿のエリナは料理に励む。

今夜の定食はハンバーグなので、ミメットがものすごい勢いで挽き肉を作っている。肉をミンチにするのは大変な作業であるが、腕利きの剣士で刃物の扱いに長けたミメットにとっては楽しいようで、ふんふんふーん、などと余裕の鼻唄まじりで、挽き肉の山を制作していた。

「さすがは〝旋風のミメット〟だな」

感心するルディに、エリナは「ミメット姉さんがいなかったら、お客さんにハンバーグを提供することはできませんでした。さすがは姉さん、頼りになります！」と言い、尊敬の瞳で旋風の料理人を見た。

「こんちはー。この青い薄手のカーテンと、青い花柄のテーブルクロス、気に入ってもらえるかな？」

やってきたのは、隣の雑貨屋の若主人である。青弓亭の料理がすっかり気に入って、毎晩のように食べに来てくれる彼は、エリナとミメットの雰囲気に合わせて店の模様替えをするため、雑貨やファブリックを集めてくれているのだ。

「あれ？　ルディ隊長、仕事はどうしたんですかー？」

気のいい、そして物怖じしない若主人は、カーテンとテーブルクロスを受け取るルディに笑いながら尋ねた。

「俺は警備隊の隊長と青弓亭の隊長を兼任しているからな。こっちの業務も遂行しなくてはならないんだ」

ルディも慣れたもので、涼しい顔で言い返す。

こうして、エリナは青弓亭の持ち主であるギギリクに正式に店を任され、ミメットと力を合わせて盛り立てていくことになった。

彼女たちが作る美味しい料理は、お客たちの心を掴み、はるばる上京してきた知り合いを店に連れてくる者も多かった。

「ミメット姉さん、嬉しいですね」

「ああ。みんな、いい顔して食べてくれるね」

ふたりのファンになって「手が空いたらつまみなよ」「店に飾るといいぞ」と、お菓子や花まで持ってきてくれる客もいる。そして彼らは働き者のふたりに「いつも美味しいものを食べさせてくれてありがとうな！」と、感謝の言葉を惜しみなくかけてくれるのだ。

そんなふたりの娘猫を、いつも見守っているのが王都警備隊の騎士たちだ。

彼らが目を光らせ、時には押し寄せた客たちをさばいてくれる。そして、臨時のウェイター業までこなしてくれるので、若い女性ふたりでも安心して店をやっていけるのだ。

まあ、一番鋭い眼光で見守るのは、ご存知の通り、狼隊長なのだが。


「さあ、帰るぞ」

「はい、ルディさん」

一日中働いて疲れたエリナを、今日も過保護な狼は抱き上げる。

「それじゃあ姉さん、また明日ね」

「ああ。おやすみ、エリナとルディ」

まだ夜は更けていないのだが、小さな子猫は早くシャワーを浴びてベッドに入らなくてはならない。

「今日も忙しかったな」

「はい。でも、たくさんのお客さんが喜んでくれて、楽しかったです」

エリナの手には、ハンバーグを食べにやってきた、歯の弱い高齢の熊の女性にもらったスコーンが握られていた。まだ幼いエリナが大きくなるためには、夜のおやつとミルクが必要なのだ。

家に着いたら、ルディが温めたミルクをカップに入れてくれる。

それを飲んでからシャワーを浴びて、フェンリルの尻尾に包まれて寝るまでがエリナのお仕事である。

「うちの家族が、一度泊まりに連れてこいってうるさいんだが」

「そうなんですか。お店の休みの前の日なら行けますけど……」

エリナは、あまり臨時休業をさせられるのも困るな、と思った。青弓亭の料理にはファンがたくさんついているため、ほとんど休まずに営業しているのだ。

「そうだな。だが、ひとつだけ注意しておく」

「なんですか？」

「子猫は、フェンリルの尻尾にくるまって寝ないと風邪をひくものだ。だから、俺以外の奴と一緒に寝るのは却下だからな」

「はーい」

孤高のフェンリル、伝説の妖精獣のはずなのに、エリナの前では懐いたわんこよりも残念になる。

しかし、モフモフを愛するエリナにとっては望むところだ。

「わたしが子猫じゃなくなったら、ルディさんはどうするんですか？」

「……いや、先のことを考えても仕方がないからな！　人は常に、今を見据えて生きるものなんだ」

きりっとした表情のルディは、まっすぐ前を見ながら答える。

「はい、わかりました！」

エリナもきりっと前を見て、美味しいスコーンをかじる。

妖精の力で日本からこの世界にやってきたエリナが、本当は何者なのか。

彼女がただの子猫であるわけがないのだが、そんなことは〝今を見据える〟ふたりにはどうでもよいことであった。

そう、今は。

まだ、今は。

番外編

エリナの休日

「お疲れさまー」

「お疲れさまでした」

厨房の後片付けを終えたミメットとエリナは、胸に青弓亭の紋章が入ったエプロンを外した。

いくら王都にあるとはいえ、庶民的な食堂に、紋章を持つことが許されるなどということは前代未聞なのだが、料理人であるエリナが作る青弓亭のメニューは、どれもこのスカイヴェン国では珍しいものだ。しかもとびきり美味しいし、心が和むような温かい味わいがする。

そのため、彼女の料理を食べた王族たちのお気に入りになってしまい、御用達の店となった今では貴族たちもお忍びで舌鼓を打ちにやってくるのだ。

けれど、青弓亭ではこのことを宣伝には使っていない。味のよさだけで、たくさんのお客に愛されているからだ。

そして、紋章持ちの店であることを知らないでやってきた客は、驚きはするものの、料理を食べると皆「なるほど！」と納得するのであった。

「エプロンは洗濯に出しておくよ」

「いつもすみません、ミメット姉さん」

このエプロンをふたりへの褒美にと作成した王妃が、これでもかと洗い替えをくれたので、遠慮なく交換できる。そして、紋章入りのエプロンとなると庶民には畏れ多いものなので、わざわざ貴族専用の洗濯屋（これも、王妃の紹介なのだ）が数日おきに青弓亭までエプロンを取りに来て、洗って戻してくれる。

至れり尽くせりの配慮に、最初のうちはさすがに恐縮したふたりであったが、王妃から直々に仕事を依頼された洗濯屋が鼻高々で、いつも機嫌よく仕事をしてくれるので、誰も損をしない状況だからと、やや無理にではあるが納得して厚意に甘えることにしている。

「あのさ、ルディ隊長」

「なんだ？」

今夜も警備隊の仕事が終わるなり青弓亭に駆けつけ、最後の店じまいまで手伝っていたルディは、エリナを抱き上げようとした手を止めてミメットを見た。

「明日は非番って話を聞いたんだけど」

「そうだ」

ミメットは、頭が銀の狼である警備隊長が「だから明日は、朝からここを手伝えるぞ」と言いながら尻尾をパタパタ動かす姿を見て、なんとも言えない複雑そうな顔で笑った。

「いや、そうじゃなくってさ。たまには隊長がエリナと町でも散策できるように、明日は店を休みにすることに決めたんだ」

「え？」

エリナは驚いた。

「姉さん、突然お店を休んでいいんですか？」

「あたしたちは毎日毎日、こんなによく働いているんだから、しっかりと休みをもらってもバチは当たらないさ。これからは定期的に休日を設けようと思うんだよ」

「休日？　定期的に？」

「なるほどな」

ルディは頷いた。

「しっかり休養して、その後にはしっかりと働き、店を盛り立てる。俺はいい考えだと思うぞ」

「そうだよね。冒険者生活をしていた頃は、身体を休めることも立派な仕事だったんだよね。疲れが残って動きが鈍ると、命の危険に繋がるんだ」

「でも……」

エリナは不安げに首を傾げて、ミメットの顔を見た。

週休二日制の広まっている日本では、定期的な休みがあるのは当たり前のことだった。

しかしエリナは、本業であるペットサロンの務めだけでは食べていけなかったので、ファミリーレストランでのアルバイトもぎちぎちに詰め込んで、ほとんど年中無休で働いていたのだ。

日本で暮らしていた頃は、なにかの手違いで幸運を他人に吸い取られていたために、エリナは人間関係に恵まれなかった。そのため、休日を一緒に過ごす家族も友人もいなかったので、寂しいことに休日がないことがあまり苦にならなかった。

この世界に来てからは、優しい人たちに囲まれて仕事がとても楽しかったので、今さらお休みがもらえると聞いても、逆に戸惑いが先に立ってしまう。

「エリナ、そんな顔をしないでさ。お休みを楽しもうよ」

「でも……」

「エリナのおかげで、今の青弓亭は大繁盛しているんだ。お給金だってたくさん出せるよ。それに……」

ミメットは少し考えて言った。

「あたしもさ、しっかりと鍛錬をし直さないと、せっかく身につけた剣の腕がなまっちまうんだよ。〝旋風のミメット〟として、常に鍛えておきたいんだけどな」

「ああ、確かにそうだ。ミメットの腕は鈍らせてしまうには惜しすぎるな」

「ありがとう、ルディ隊長」

ミメットはお礼を言うと、エリナに向かって「ね？」とウインクしてみせた。

「明日は丸一日かけて、本格的に身体を鍛えようと思ってるんだ。だからお互いに、休日にはしっかり休んでやりたいことをしようよ」

そう言われては、断ることはできない。

「わかりました、ミメット姉さん。明日はお休みですね」

「そう。それに、これから店の休日は、お互いの希望を相談して決めようと思ってるんだよね」

「あ、わたしは特に希望とかは……」

「じゃ、ルディの希望だね」

「よし！」

ルディはミメットに向けて、軽く握った拳を突き出した。

ミメットもそこに自分の拳を当てて「よし！」と言って笑った。

「ということで、また明後日ね。明日はルディに頼んで王都観光でもさせてもらいなよ。エリナは食材を売っているお店しか行ったことがないでしょ」

「あ、そういえばそうですね」

スカイヴェン国の王都に来てから二ヶ月以上（ここの暦は日本とほぼ同じだったのだ）経つというのに、エリナは毎日料理に追われて、ルディの家と市場と青弓亭を往復するだけだったのだ。

「それじゃあ、家に帰ろう」

いつものようにルディに抱き上げられて、エリナはミメットに向かって「おやすみなさい」と手を振った。そして、翌日の王都観光のことを考えて、胸をドキドキさせるのであった。

　そして、翌朝。

「いつも仕事用の青い服を着ているから、こっちの服を着るのは久しぶりだな」

　朝起きて顔を洗い、自分の部屋に戻ったエリナは、洋服ダンスの中にぶら下がっていた数少ない服を出した。これは最初にミメットと一緒に買ったもので、飾り気のないシンプルな生成りのワンピースである。

「毎日美味しいものを食べているし、少しは背が伸びたかな？　わたしは育ち盛りの子猫だもんね」

　そう言って、鏡の前でワンピースを身体に当てていたエリナは「育ち盛り……」としばらく鏡の前で固まった。

「ううう、育ち盛り、どこに行ったのー？」

　まったく育っていなかったのだ。

「……うん、服が無駄にならなくて、よかったな、ということで……」

　しょんぼりしながらワンピースを着て「いつかはミメット姉さんみたいに、スタイルのいい猫になれるはず。同じ猫属なんだもん」と力なく呟くエリナであった。

「エリナ、もう着替えてしまったか？」

　エリナのドアをノックしてから、ルディが声をかけた。

「はい。入ってきても大丈夫ですよ」

返事を聞くと、彼はドアを開けて入ってきた。真面目な警備隊長は、まだ幼いエリナをレディとしてきちんと扱っているのだ。

「せっかく着替えたところを悪いが……よかったら、これに着替えてくれないか？　たった今届いたものなんだが……その、うちの母上から」

「王妃様から？」

エリナは驚いて、ルディが差し出した箱をまじまじと見た。

前回、このような箱と一緒に王宮からの呼び出しがあったので、警戒しているのだ。

そんなエリナに、ルディは首を振ると「いや違う、単なるプレゼントらしいぞ」と言った。

「プレゼント、ですか？」

「ああ。王家の間者は無駄に仕事が速すぎるようだ。今日はエリナが休みだという報告を聞いた母上から、以前からエリナに着せようと準備していたというこの服と、昼食のためのレストランの予約カードが届いている」

「これ……うわあ！」

箱を開けたエリナは、中に入っていたワンピースドレスを取り出して歓声をあげた。

「なんて綺麗な服なの！　まるでお姫様が着るみたい！」

ウエストを白いサッシュベルトで縛るデザインの、淡いピンク色のワンピースは、腰のあたりからふんわりと広がった、愛らしいおしゃれ着だ。裾からは白い繊細なレースのペチコートが覗いていて、小さな淑女にぴったりだ。

「その、あまり王家との関わりを持つとエリナの負担になるかと思ったのだが……あまりにも、その、なんというか……」

王家を飛び出した第一王子は、少し顔を赤くしながらそっぽを向き、「これを着たエリナの姿が見たい、などということを、少々考えてしまってだな……」と口の中でもごもごと言い訳をした。

照れながら尻尾を振る狼隊長の様子を見たエリナはくすりと笑い、「こんな素敵な服をいただけるなんて……とっても嬉しいです。王妃さまには感謝しかありません」と嬉しそうにドレスを撫でた。


再び着替えたエリナは、鏡の中の自分の姿に見とれてしまった。

「うわあ、サイズもぴったりだし……本当にお姫様になった気分になっちゃう」

くるんと回るとスカートが翻り、まるで舞踏会でダンスをしているようだ。淡いピンクの生地はエリナの白い肌とふわふわの白い耳によく合い、艶のあるサッシュベルトの白もよいポイントになっている。エリナのことをなぜか『娘ができたようだわ』と喜んでいる王妃が、彼女のために見立ててくれたドレスは、可愛らしいデザインなのに、活発な子猫の動きを邪魔しない、とても着心地のよいものだった。

青弓亭の制服となったワンピースもそうだが、王妃のセンスはなかなかのものなのだ。

ご機嫌のエリナがぴこぴこと耳を動かして鏡の前でポーズをとっていると、ドアの外から「エリナ、まだか？」と声がかかった。どうやらルディは待ちきれずに廊下をうろうろしているようだ。

「はーい、もう着替えましたよ」

エリナはドアに駆け寄ってがちゃりと開けた。

「どうぞ……あれ？」

「これはよく似合っているな！　さすがは母上と言うべきか、それとも可愛いエリナだからなにを着ても着こなしてしまうのか！」

少し親バカ風味な発言をしているルディを見上げ、エリナはぽかんと口を開けた。

「ん？　どうした？」

「……隊服以外も持っていたんですね、ルディさん」

「おいおい」

エリナのあんまりな発言に、ルディは肩をすくめた。

「そりゃあ、俺だって休みの日には私服を着る……と言いたいが、実はこの服も母上から送られてきたものなんだ。おかしいか？」

「いいえ、すごく似合っていると思います」

ルディは貴族が出かける時に着るような、仕立てのよいシャツとパンツ、そしてジャケットを身につけている。胸元にはきちんとタイも結ばれていた。

「ご丁寧に手紙がついていてな。レディをエスコートするならそれなりに身なりを整えるのがマナーだと、母上に釘を刺されてしまった。戦闘用の服では駄目なのだそうだ」

自由気ままな第一王子も、どうやら母親には頭が上がらないようだ。

「王都の治安は警備隊員が日々守っているからとてもよい状態だ。だから、休みの日は武器を持ち歩く必要はないと思うし……」

狼隊長は「それに、王家の間者が絶対に俺たちの後をつけているに決まっているからな……エリナの身の安全が補償されるのはよいが、どこでなにをしても、きっと母上に筒抜けだ、ははは」と、遠い目をして呟いた。


「あの……ルディさん」

「なんだ?」

いつものようにエリナを抱き上げようとした狼隊長は、腕を伸ばしたままエリナの顔を見た。

「今日は、王都を散策するんですよね」

「そうだ。まずは市場に行って、食料品以外のものを見てから予約してある店に行こうかと思っているが……他になにか希望があれば、従うつもりだ。今日はエリナのための日なんだからな」

「ありがとうございます」

エリナはぺこりとお辞儀をしてから続けた。

「今日は、自分の足で歩いていこうと思うんです」

「……そうなのか」

ルディはとても残念そうに手をしまうと「昼間の市場は結構人が多いぞ？　迷子にならないか？　疲れてしまうんじゃないか？」と心配そうに付け加えた。どこまでも過保護な狼である。

「大丈夫ですよ。ミメット姉さんと、しょっちゅう買い出しに行っているから、だいたいの様子はわかりますし、毎日長時間立って仕事をしているから、足腰も丈夫なんです」

「そうは見えないが……」

子猫の細い足を見て眉をひそめたルディに、エリナは「わたしは身軽な子猫なんですからね！」と口を尖らせた。

「そりゃあ、他の猫に比べたらわたしの身体は小さいけれど……その分、とても軽いんですよ」

そう、この世界に転移して、猫族の身体を手に入れたエリナは、日本にいた時と比べものにならないほど運動神経が発達し、体力もついていたのだ。お客で賑わう青弓亭でくるくると動き回りながら一日働いても、家に帰ってぐっすり寝てしまえば翌日は元気いっぱいなのである。

「というわけで、行きましょうか、ルディさん」

にっこり笑いながら右手を差し出したエリナを見て、ルディは「お？」と瞬きをした。

「ミメット姉さんとお出かけをする時は、迷子にならないように手を繋ぐんですけれど……駄目でしたか？」

「いいや、全然駄目ではない！」

ルディは必要以上に気合いを入れて返事をし、そしてごまかすように咳払いをしてから言った。

「はぐれないように手を繋ぐことは、大変理にかなったよい方法だと思う。さすがはミメット、しっかりした猫だ」

そう言いながらエリナの小さな手を取ったルディは、自分の手の中にすっぽりと収まった小ささとやわらかさを感じて、温かい気持ちになった。そして『エリナのことは、この俺が守る！　この命に代えても！』と、さらに過保護ぶりに拍車をかけてしまうのだった。

「それではまず、軽く朝食をとろう」

「はい」

いつもは青弓亭で食べるのだが、今日は市場に出ている屋台で美味しそうなものを買ってみることにしたのだ。

市場の者たちは、毎朝見かける〝警備隊服を着た隊長と抱っこされている子猫〟が、今朝は〝品のいい服を着た隊長と手を繋ぐお姫様猫〟になっていたものだから、驚いて二度見をしている。

「おはようございます、隊長さんとエリナちゃん。今日はまたおめかしして、お人形さんのように可愛らしいな。ちょっとくるっと回って見せてくれよ……ああ、なんてべっぴんさんな猫だろう！　そら、可愛いお嬢さま猫の服に汁が飛ぶといけないから、むいてやろうな」

「おじさん、ありがとう」

果物の屋台を出している男性が、器用に大きなオレンジの皮をむくと、中の実を外皮の上にのせてエリナに渡した。

「これはうまそうなオレンジだな。いくらだ？」

「いや隊長さん、お代は結構だよ。エリナちゃんにはいつも美味しいもんを食べさせてもらっているから、たまには俺の果物も食べさせてやりたいんだよ」

そう言う青弓亭の常連に、出した代金を断られてしまったら、払うわけにもいかない。

屋台の脇に置かれた木箱に座り、エリナはにこにこしながら甘酸っぱいオレンジを頬張った。

そのあまりの可愛さに見とれていたルディの視線を勘違いしたエリナが「はい、お口あーんしてください」と言って彼の口にオレンジを入れてくれた。

「美味しいですね」

「……うまいな」

果物屋に「おやおや隊長さん、果報者だねえ」などとからかわれてしまったが、にやけそうになる顔を引き締めるのに精一杯で、狼隊長はなにも言い返せないのであった。

そして、そんなふたりを見て急にオレンジが食べたくなってしまった客で屋台が賑わい、この店の今日の売り上げは上々のようだ。

「おじさん、ありがとう。甘くってみずみずしい、とっても美味しいオレンジでした。またうちのお店に来てくださいね」

エリナは品物が売れに売れてホクホク顔の果物屋に言った。

「もちろんだ。カレーライスの日に早めに行って、ばっちり並んで食べさせてもらうさ。並びながらみんなでしゃべるのも楽しいもんだからな」

青弓亭のカレーライスは大人気で、いつも開店前に行列ができてしまうのだ。

「はい。美味しいカレーをがんばって作りますからね」

こうして、ふたりは再び手を繋いで、朝の市場を歩き始めた。


「……ずいぶんとご馳走になってしまったな」

「はい。お腹がいっぱいですね」

屋台で買い食いをするはずが、どういうわけだか「お代はいいからひとつ食べていって」という店が続出してしまい、ふたりはこれっぽっちもお金を使わずに美味しいものを堪能してしまった。

「ここの人たちは、みんな親切な人ばかりですよね。青弓亭に来る時も、お土産にお菓子を持ってきてくれるし……」

しっかりと餌付けされているエリナである。

「それは、エリナがいつも懸命に仕事をがんばっているからだと思うぞ。市場の皆ももちろんのこと、警備隊の隊員だってそうだ。何事にも全力を尽くすエリナのことを見て、応援したいという気持ちが自然と沸き上がってくるんだろう」

「……それはやっぱり、皆さんが優しいからだと思います」

エリナはしみじみと、素敵な人たちの中で暮らせる喜びを噛みしめ、事故に遭った彼女があのまま天に召されるのを止めて、この世界に連れてきてくれたフォーチュナとクー・シーに心の中で感謝を捧げるのであった。


さて、ランチの予約の時間までになんとかお腹を空かせておかなければならないふたりは、町を歩き回った。

エリナはウィンドウ・ショッピングで充分だったのに、過保護なルディが彼女が興味を持ったものを片っ端から購入しようとするので、それを阻止するので必死だった。

「たまにエリナになにか買ってあげても、〝バチは当たらない〟と思う」

「あのですね、わたしは働いてお給金もいただいているんです。自立した猫なんです。だから、本当に欲しかったら自分で買いたいんです」

「………………」

「そんな目で見ても、駄目ですよ。今日はこうして一緒に出かけてもらえただけで、充分ありがたいと思っているんですからね」

優しく諭すエリナと、諭されるルディは、どちらが保護者なのかわからない。

「母上のくれた服は、こうして着ているのに……」

ふんわりしたピンクのワンピースドレスを見ながら、諦めの悪いルディが言う。

「王妃陛下から賜った服を、お断りするわけにはいかないでしょ」

「そう言うなら、俺は一応第一王子殿下なんだが」

「ルディさんが王族として礼儀正しく扱ってほしいというならば、今この瞬間から振る舞いを変えさせていただきますか？」

「いや嘘だ、やめてくれ、今のはなし！　なしで頼む！」

大慌てでエリナに訴えた。

見た目は子猫だが、中身はしっかりした成人女性のエリナなのだ。

彼女をデロデロに甘やかしたくて、ああでもないこうでもないとしきりに理屈をこねる狼隊長は、笑顔の子猫に言い負かされてしまい、耳をへにょりと垂らしてしまう。

もちろん、自慢の尻尾も力なく垂れてしまい、普段の〝鬼の警備隊長〟の姿を知るものが見たらぽかんと口を開けてしまいそうな、情けない姿になっていた。

「ええと……ルディさん」

しょんぼりした恩人の姿を見て、さすがに申し訳ないと思った（そして、モフっとした生き物に弱い）エリナは、小さなアクセサリーショップを指さした。

「あのお店に、綺麗なものが売ってます。ちょっと覗いてみてもいいですか？」

「……どうせ買ってはいけないいんだろう？」

俯いて上目遣いをする狼を見て、エリナはくすくす笑ってしまう。

「拗ねないでください、狼さん。カッコいいのが台無しですよ」

「……おお」

カッコいいと言われてどうやら少し機嫌を直したらしいルディの尻尾が、ぱったりぱったりと左右にゆっくり振られたので、エリナは「さあ、行きましょう」とルディの手を引いた。

「こんにちは。少し中を見せてください」

「はい、いらっしゃいませ……って、ルディ隊長に青弓亭のエリナちゃんじゃないですか！素敵な格好をしているから、一瞬わからなかったわ」

店員のウサギのお姉さんがびっくりして小さく叫んだ。

「あ、ごめんなさい。おふたりとも、そういう服装もとてもお似合いですね。どうぞ、ゆっくりと見ていってくださいな。ここは兄とわたしが作ったアクセサリーを置いてあるお店なんですよ。どれもいい石を使って、丁寧に仕上げてあります。気に入ったものがございましたら、どうぞお求めくださいね」

「ありがとうございます」

そう言うと、エリナはルディの手を離して店内にある商品を見始めた。その姿を目で追いながら、ルディは店員に言った。

「エリナは幼い子猫なのに、一人前に扱ってくれるんだな」

「ええ、もちろんです。だってエリナちゃんは、ちゃんとした働く猫ですもの。青弓亭には、わたしも何度か食べに行っているから知っています。幼くても、彼女はきちんとした仕事をする猫なのだから、相応の扱いをすべきだと思いますよ」

「そ、そうか……」

ウサギの言葉に、ルディは自分の言動を振り返り、反省した。

「けれども、きちんとした猫の女性に装飾品を贈ることは、大変いいことだと思いますわ」

さすがは商売人のウサギである。ルディに向かって目配せをして言った。

「さあ、エリナちゃんがどの品を気に入ったのか、しっかりと見定めてくださいな」

ルディはウサギに向かって頷くと、エリナに近寄った。彼女は布のかかったテーブルに陳列されているブローチを指さしていった。

「ルディさん、見てください。このブローチの石は、ルディさんの目の色にそっくりの綺麗な青なんですよ！」

「まあさすがはエリナちゃん、お目が高いわ」

いつの間にか忍び寄っていたウサギの店員が言ったので、ルディはびくっとして「む、このウサギ、できる！」と呟いた。

「これはとても澄んでよく輝く、雫石と金で作ったブローチなんですよ。青い石の周りを囲む透明な石も雫石なんです。兄が石を現地に買い付けに行ったから、これだけのクオリティでもこのお値段なんですよ」

そう言いながら、店員はブローチをとるとエリナの胸元に当てた。

「まあ、よくお似合いだわ」

「似合っているぞ、エリナ」

ふたりに褒められて当惑しながらも、エリナは青い石の輝きに見とれた。

「うわあ素敵。それにこの、お値段……」

エリナは値札を見ると、考え込んだ。それはエリナの給金でも買える額だったからだ。

「ほら、隊長さん」

「……ええと」

ウサギの店員にこっそりと小突かれたルディは咳払いをした。

「エリナ、俺の瞳の色と同じ色のアクセサリーが気に入ったのなら、ぜひとも俺に買わせてほしいんだが」

「えっ、でも」

断ろうとしたエリナに、真面目な声でルディは続ける。

「これは男としての大切な務めだと思う」

「ええ、わたしもそう思いますわ」

ウサギのお姉さんがにこやかに言った。

「殿方の瞳の色に合わせたアクセサリーを、目の前で女性がお買い上げになったら、ほら、殿方としての立場というものが……」

「その通りだ！」

ルディは胸を張り、激しく尻尾を振りながら「俺もその意見に賛成だ！　だから、これはぜひとも俺からのプレゼントとさせてほしい！」と力強くエリナを説得した。

「そういうものなんですか？」

「ええ、そうよ。だからここは、隊長さんの顔を立てて……ね？」

ウサギのお姉さんの後押しもあるし、ひとつくらいなら甘えさせてもらおうかなと思ったエリナは、「はい。ルディさん、ありがとうございます」と頬を染めてお礼を言った。

あらかた町を散策し終えたエリナとルディは、仲良く手を繋ぎながら昼食をとるレストランに向かっていた。午前中歩き回ったにもかかわらず軽い足取りの子猫の胸には、澄んだ光を放つ青い石が美しいブローチが輝いている。

「……ん？　どうした？」

「おんなじ色です」

時折ルディの瞳を覗き込んではふたつの青を見比べて、嬉しそうに笑うエリナの愛らしさに、ルディはひたすら耐えた。

『かっ、可愛いな！　エリナ、いくらまだ幼いとはいえ、そのように無防備に可愛らしさを振りまくとは！　いろんな意味で危険すぎるぞ！　それよりも、あの話がわかるウサギのアクセサリー職人に、揃いのネックレスとかリングとかも注文して……そうだティアラも作るようにしなければ。白い耳の間にのるような小さなティアラを……いかん、可愛すぎる！　凶悪なまでに可愛すぎて、見た者の理性を破壊する恐れがあるから、エリナを外に出せなくなる恐れがあるな！　なんて危険な子猫なんだ！』

頭に小さなティアラをちょこんとのせて、楽しそうにくるくる回るエリナを想像し、内心で悶々とする狼は……本人が危険レベルに達していた。

「あ、あのお店ですか？」

エリナが『暁《あかつき》の光亭《ひかりてい》』と書かれた看板を見つけて、指をさして言った。

「お、おう、そうだ。あれが母上が予約してくれた店だな」

危ない狼さんの世界から戻ってくることのできたルディは、エリナに向かって頷いてみせた。

「なんだかおしゃれな雰囲気の店ですね」

暁の光亭は、ちょっと改まったレストランで、カップルや女性同士の客が多いようだ。あまり格式張った店よりもこちらの方がエリナもリラックスできるだろう、という王妃の配慮であった。ちなみに、王妃本人もこっそりお忍びで女子会ランチにやってくるお店なので、味は補償付きである。

「いらっしゃいませ」

珍しく頭に獣耳がついていないウエイトレスのお姉さんが、ふたりを笑顔で出迎えた。ルディが予約カードを渡すと「はい、承っております！」と笑顔で二階の個室へと案内してくれた。彼女には耳はないが、その後ろには爬虫類の尻尾がついている。

エリナはモフモフでないことに少しがっかりしたが、艶がありしなやかに動く尻尾が魅力的だったので、トカゲにはトカゲの可愛らしさもあるんだなとひとり納得するのであった。

「今日はお天気がいいので、窓を開けてあります」

そこはちょっとした中庭を臨むベランダがついた、広めの部屋であった。貴族向けの一番いい部屋なのだろう。

通りとは反対側にあるので、騒がしさもない。開け放たれた掃き出し窓越しに豊かな緑が目に入るし、ベランダには花が植えられた鉢も並んでいる。爽やかな風が吹いて、気持ちのよい空間だ。

「素敵なお部屋ですね。とても気遣いが感じられて、居心地がいいです。さすがは王妃様の選んだお店です」

「……確かに」

ルディの脳裏に自慢げな王妃の姿が浮かび、彼は小さくため息をついた。

(後で詳しい報告を述べよ、なんて言い出しそうだな……)

続いてわくわく顔の王妃の顔も浮かんでしまった。と、その時。

「気に入ってもらえたみたいね。よかったわ」

部屋に入ってきた女性を見て、エリナは叫びそうになった。

「お……」

「しーっ。はい、お口ないないなーい」

その女性は素早くエリナを抱き上げると、白くて美しい手でエリナの口を覆った。その様子をルディがじとっとした目で見て、ため息をつく。

「母上……まさか本人が現れるとは。いきなり王宮を抜けて、公務の方は大丈夫なのですか？」

「え、えっと、ちょっとランチを食べるくらいの時間なら大丈夫なのよ、ちょうどお昼休憩にするところでしたもの」

いきなり現れた輝く金髪の美女、つまりルディの母にしてスカイヴェン国の王妃であるサランティーナは、エリナを腕に抱いたまま明後日の方を見て言い訳をした。

「だって、この服を着たエリナちゃんを、どうしてもこの目で見たかったんですもの。思った通り、ピンクがとてもよく似合っていて可愛らしいわ……」

「王妃様……」

サランティーナ王妃のほっそりしているが力のある腕で、高い高いをされてしまったエリナは、手と足の力を抜いてぷらんとさせ、困り顔になった。

「ううん、なんて可愛らしい子猫ちゃんなのかしら……このまま王宮に持ち帰って……わたくしのお部屋に置いておきたいくらい……」

どうやらエリナは、狼族の心をくすぐるなにかを持っているらしい。

「母上っ！」

狼の耳がぴくりと動いたかと思うと、エリナの身体は狼隊長の腕の中にするっと移動していた。

「エリナは母上のおもちゃではありません。王都で働く一人前の猫ですから、単なる子猫扱いはやめていただきたい」

「……ルディが抱っこしたいだけではなくて？」

「ちっ、違います！」

「……ふうん」

今度は王妃の方がじとっとした目になったが、「まあいいわ」とその場は収まった。

突然のサランティーナ王妃の登場で、エリナはなにを聞かれるのかとドキドキしたが、王妃は本当に食事を楽しみに（そしてエリナの可愛いドレス姿を見るために）やってきただけであった。

「ここのお店は味ももちろん美味しいのだけれど、店内の雰囲気とか美しい盛りつけがとても素敵なのよ」

「本当に素敵ですね」

エリナは、大きなお皿に少しずつ盛りつけられた、カラフルな料理を見てため息をついた。

「お花のモチーフとか、宝石のようなイメージの盛りつけなんですね」

「ええ、そうね。見て楽しい、食べて美味しいお料理よ。さあ、見とれていないで味わってみてちょうだいな」

「はい、いただきます」

エリナは思いきって、フォークで花びらの形を崩して口に入れる。

「美味しい！　食べるのがもったいないって思ったけれど食べてよかった！」

彼女は「頬っぺたが落ちそうだにゃん」と、小さな口をもぐもぐと動かした。

「殿方には量が少ないかもしれないけれど、あらかじめ頼んでおけばボリュームを調節してもらえるから大丈夫なのよ」

「……大胆な調節の仕方だな」

女性陣には薄くスライスされ、皿の上に数枚だけが優雅に盛りつけられているローストビーフが、ルディの分は別のお皿の上で立体的で美しい造形に……山盛り状態になっていた。

「あなたはお肉が好きでしょ？　美味しいから、そのくらいペロッといけちゃうわよ。エリナ、食べられそうならルディに分けてもらいなさいな」

「はい！」

育ち盛りの子猫の目には、山盛りのローストビーフが宝の山に見えた。まずはひと口食べてみようと、ルディはフォークでローストビーフの山を崩したが、エリナの熱い視線と半開きの口元を見たら自分の口に入れることができなかった。

「……あーん」

「にゃーん」

素直に開いたエリナの口に、ローストビーフが届けられた。

「うまいか？」

「うにゃん」

「腹いっぱい食え」

「うにゃん！」

笑顔で口をもきもきと動かす子猫と、真面目な顔でローストビーフを食べさせるルディの様子を見て、サランティーナ王妃は笑いをこらえるのに必死である。しかしさすがは一国の王妃陛下だ。彼女はすました顔で腹筋にぐっと力を入れながら「本当に美味しいお食事ね」と上品に頷いたのだった。


「今日はとても楽しいお休みでした」

「それはよかった。俺もかなり楽しんだぞ」

休みの日があっても、結局は騎士団の訓練所に顔を出すくらいしかやることがなかったルディにとって、今日は新鮮な一日であった。

「王妃さまはお優しかったし、ルディさんからこんなに素敵なプレゼントもいただけて……」

エリナは、青い雫石が光るブローチをアクセサリー屋がつけてくれた箱に大切そうにしまって「次のお出かけの時にもつけますね」とルディに笑いかけた。

「おかげで、やる気が一層出てきました。青弓亭で新しい料理を作りたいと思います」

様々な料理がのった皿を見たエリナは、お子様ランチを作りたくなってしまい、うずうずしているのだ。頭の中にはすでに、オムライスの上に立てる旗の図案も浮かんでいた。

「それは楽しみだな。それならば明日に備えて、今日は早く休もう」

「はい」

ルディは服を脱ぐと輝く毛並みのフェンリルに姿を変えて、大きなベッドの上に上がった。

エリナもベッドに乗ると、素晴らしくモフモフした尻尾でくるんでもらい、「ああ、この世の天国……」と幸せそうにため息をついた。

「母上が紹介してくれただけあって、なかなかよい店だったが……俺が毎日通いたいのはやっぱり青弓亭……ん？　もう寝たのか」

ルディはあっという間に夢の世界に旅立ったエリナの顔を見て「お前の料理が世界一うまいと思うぞ」と小さく呟き、満足そうに目を閉じたのだった。

fin.

あとがき

こんにちは。葉月クロルです。

異世界ファンタジーの、ハッピーなお話が大好物です。今回の小説もそうなのですが……なんと、初めての幼女ヒロインを書いてみました！

幼女といっても、ヒロインであるエリカの魂は大人です。

日本で暮らしていた彼女は、『幸運を他人に吸い取られる』という非常にやっかいな運命の下で、懸命に生きてきました。モフモフした動物が大好きなエリカは、一人前のトリマーになるために努力を重ねてきましたが、とうとう僅かな運が尽きてしまったのか、命を落としそうになってしまいます。

けれども。

がんばる女の子は報われるのです。

今まで失っていた幸運をしっかりと取り戻すことができた彼女は、モフモフした獣人がたくさん暮らしている素晴らしい世界に転移して、とびきりのモフモフさんの保護の下、第二の人生を歩み始めます。

ちっちゃな子猫として。

……あれ？

モフモフを可愛がるつもりが、自分が可愛がられる羽目になっちゃった？

エリナは小さな身体であるにも関わらず、無力な子猫として庇護されて生きるのではなく、新しい世界での自分の役割を見つけて『働く子猫』として生きていきます。そして、そんな健気でがんばり屋さんのエリナを周りの人たちは優しく見守り、子猫のものとは思えないような彼女の才能に驚きながらも、みんなで支えていきます。

これを読んでいる皆さんの中にも、努力が上手くいかなくて「どうして自分だけが……」と落ち込んでしまってる人がいるかもしれません。

けれど、どんな努力もいつかは報われると思います。

それは、想像していた形ではないかもしれません。エリナも、モフモフたちのトリマーになるはずが、小さな料理人として愛されていますよね。

でもそれは、夢を失ったのではなくて、形を変えて夢が叶ったのだと思うんです。

皆さんの夢も、キラキラと輝く素敵な結晶になりますように。

葉月《はづき》クロル

ねこねこ幼女の愛情ごはん
～異世界でもふもふ達に料理を作ります！～

2020年7月10日　初版第1刷発行

著　者　葉月クロル

発行人　菊地修一

発行所　スターツ出版株式会社

〒104-0031　東京都中央区京橋1-3-1　八重洲口大栄ビル7F
☎出版マーケティンググループ　03-6202-0386
（ご注文等に関するお問い合わせ）

https://starts-pub.jp/

印刷所　大日本印刷株式会社

ISBN　978-4-8137-9051-8　C0093　Printed in Japan

［葉月クロル先生へのファンレター宛先］
〒104-0031　東京都中央区京橋1-3-1　八重洲口大栄ビル7F
スターツ出版(株)　書籍編集部気付　葉月クロル先生

ISBN：978-4-8137-0528-4　※価格、ISBNは１巻のものです